초콜렛
도넛

트래비스 파인 원작

배정진 엮음

초콜렛 도넛
Any Day Now

'지키고 싶은
달콤한 희망'

열림원

차례

• 퍼즐

1979년, 캘리포니아, 웨스트 할리우드에 날이 저물고 있었다. 이미 붉은 햇덩이가 떨어져서 땅속 깊숙이 박히고 말았는데, 폴은 아직도 그냥 그 자리에 있었다. 밤거리는 별천지와 같은 아름다움을 뽐냈다. 오가는 사람들도 분주했다. 그러나 그런 거리가 폴에게는 어울리지 않았다. 거리를 화려하게 수놓은 조명도, 반짝이는 네온사인도 폴에게는 맞춰지지 않은 퍼즐 조각처럼 늘 낯설고 힘들었다.

폴은 자동차 열쇠를 만지작거렸다. 마음 한 귀퉁이에 구멍이 뚫어지고, 그 바늘구멍 같은 혈로 바람이 새어나가거나 찬바람이 들어와 전신을 휘젓고 지나갔다. 눈을 감았다 뜬다. 이어 가슴이 죄어들어옴을 의식한다. 모든 것이 완벽하건만, 도대체 무엇이 그의 발목을 잡고 늘어지는지, 그게 어디서 기인한 것인지 알 수가 없었다.

'그래, 이 거리를 떠나자.'

그러나 폴은 선뜻 시동을 걸지 못했다. 거리의 불빛은 너울처럼 출렁였다.

바로 그때였다. 열린 차창 사이로, 애절한 노랫소리가 새어나왔다. 그 소리는 마치 폴을 위해 부르는 노래 같았다. 그는 주저 없이 차에서 내려 다짜고짜 노랫소리가 나는 곳으로 가문을 열었다.

사랑해요.

그댈 사랑해요.

그대가 필요해요.

그댈 원해요.

그댈 사랑해요.

그댈 사랑해요.

그대가 필요해요.

그댈 원해요.

내게로 와요.

좁은 바 안은 음악소리만큼이나 야릇한 조명으로 가득 채워
져 있었다. 손님들의 시선이 말쑥하게 차려입은 정장의 폴에게
로 향했다. 그는 그런 시선들이 어색하기만 했다. 폴은 얼른 바
테이블 앞에 몸을 앉혔다.

"조니워커 스트레이트로."

그는 술 한 잔을 단숨에 털어넣었다. 지독한 위스키가 목구멍
을 타고 흘러내려가면서 속을 훑는 듯한 자괴감이 온몸을 감쌌
다. 하지만 따뜻했고 긴장도 한결 풀리는 것 같았다.

어둠에 익숙해진 폴의 시선이 천천히 무대 위를 향했다. 진한 화장을 하고 반짝이는 드레스를 차려입은 여장을 한 세 남자가 노래를 부르고 있었다.

좌중의 술꾼들은 그 세 사람의 쫀득한 노래에 박수를 보내고 있었다. 다시 노래가 이어지는 순간이었다. 여장 남자들 중 한 남자와 폴의 시선이 마주쳤다. 진한 눈썹에 매부리코, 두꺼운 쌍꺼풀이 한눈에 들어왔다. 순간 폴의 가슴이 쿵 내려앉는 것 같았다. 등줄기가 자르르 울렸다.

그의 시선도 폴에게로 향한다. 살며시 손을 내보이며, 그가 다정하게 눈인사를 건넨다. 폴도 어색하게 손을 들어보인다. 폴은 넋이 나간 표정이 되어 그에게로 빠져든다.

그대여! 난 외로운 남자, 꿈속에 빠져 사네.
모든 걸 가졌지만
진정 원하는 건 단 하나.

내게 와요.

그 사랑 내가 줄게요.

그대만을 위한 사랑.

노랫말은 온전히 폴을 향해 읊조리는 것 같았다. 반짝이는 여장 남자의 의상은 조명에 부딪혀 폴의 의식을 더욱 혼미하게 만들었다.

'내게 와요. 내게 와요.'

그는 손짓하며 폴에게 말하고 있었다. 그러나 진짜 그의 목소리는 아니었다. 그의 목소리가 가녀린 여인의 목소리는 아닐 테니까.

그는 단지 노랫소리에 맞추어, 입을 벙긋거릴 뿐이었다.

'이 기분은 뭘까?'

폴은 낯선 바에 혼자 앉아 있는 자신을 되돌아보았다. 그러고는 의지란 것을 초월해 사람을 엉뚱한 곳으로 데려다놓곤 하는 운명이라는 이 불가사의한 존재를 인정하지 않을 수 없었다. 난생 처음 가져보는 느낌을 곱씹으며 이런 게 인연일까? 폴은 생각하고 있었다. 그러곤 문득 그 인연이란 것을 시험해보고 싶어졌다. 폴은 서둘러 자리에서 일어났다.

한차례 노래를 끝낸 루디가 대기실로 들어섰다.

"아까 혼자 바에 들어온 훈남 봤니? 진짜 멋지더라. 네가 좋아하는 지적인 외모잖아. 더군다나 루디, 너한테 관심 있는 것 같던데. 너도 느꼈지?"

"맞아, 앞자리에 가만히 앉아 네 얼굴만 뚫어져라 보더라고. 아주 넋이 나가서 말이야. 이거 좋은 일 생기는 것 아냐?"

폴의 등장은 무대 뒤 대기실 안까지 떠들썩하게 만들었다. 함께 무대 위에 올랐던 조니와 비욱스는 호들갑을 떨어대며, 루디를 부추겼다.

"글쎄, 난 잘 못 봤는데."

• •

루디는 애써 무심한 듯, 두껍게 칠해진 화장을 지워나갔다. 민낯이 될수록 그의 이목구비가 뚜렷해졌다. 그런 그에게 독특한 점이 있다면 그것은 남자이면서 정말 여자 같다는 것이다. 눈이 유난히 큰 데다 입가엔 늘 행복한 미소를 머금어 '입을 귀에 걸고 다닌다'는 말을 종종 듣는 루디였다. 그런 루디를 바라보며 동료들은 좀처럼 장난을 멈추지 않았다.

"딴청 피우시긴. 아주 싸구려 창녀처럼 추파를 던지시더군."

"입만 벙긋거렸을 뿐이야. 난 립싱크 가수니까. 그리고 분명히 해두자고. 내가 저렴하긴 해도 창녀는 아니지."

루디는 담담하게 말했지만 대기실의 들뜬 분위기는 가라앉지 않았다. 조니는 장난기 가득한 얼굴로, 루디의 아랫도리를 가리켰다.

"거짓말 하면 못써, 이 피노키오 언니야. 벌써 한껏 달아올랐으면서."

루디의 얼굴에는 당황한 기색이 역력했다. 굳이 그런 식으로 떠들어대지 않아도 모두 알아챌 만한 상황인데 구차스럽게 루디를 한구석으로 몰아가고 있었다.

"그만해, 조니. 난 당분간 남자 사귈 생각 없어. 넌 아직도 몰라? 남자란 모두 무책임한 존재라는 거. 그러니 남자나 사랑 따위에 인생을 걸 생각은 없어. 내 인생이 신파극이 되는 건 정말 싫거든."

루디는 제법 진지하게 말했다.

"인연이 될지 어떻게 알아? 그러지 말고 잘해봐. 좋은 남자 같던데, 뭘."

"글쎄, 관심 없다니깐."

"아닌 것 같은데? 벌써 네 표정이 말해주고 있잖아."

"정말 왜들 그래? 날 놀리는 게 그렇게 재미있어?"

똑똑똑.

노크 소리가 들려온 것은 바로 그때였다.

"실례합니다."

• •

문이 열리고, 거짓말처럼 커다란 눈과 맑은 미소를 가진 폴의 얼굴이 나타났다. 조니와 비욱스는 그것 보라는 듯, 루디를 향해 씨익 웃어 보였다. 루디는 자기도 모르게 입가에 웃음을 띠고 있었다. 그리고 이어 알 수 없이 가슴이 울렁울렁댔다. 심장이 자맥질치고 있는 기분이 들었다. 몸에 생기가 도는 것 같았다. 그건 폴도 마찬가지였다.

운명

별들이 얌전히 춤추는 듯한 웨스트 할리우드의 밤은 오늘따라 더욱 더 아름다웠다. 좁은 자동차 안에서, 폴은 숨죽이고 자신의 모든 것을 루디에게 맡겼다. 아직 폴은 모든 것이 서툴기만 했다. 루디의 손끝이 폴의 몸에 닿을 때마다 화들짝 달아올랐다. 수치심 따위는 없었다. 루디의 손놀림은 노련했으나 폴은 잠시 상념에 빠져 있었다.

'이것이었나? 나를 붙들고 늘어진 게?'

폴은 그동안 맞추지 못해 애를 태웠던 퍼즐 하나를 풀어낸 것 같은 기분이 들었다. 좀 더 솔직히 표현하자면, 머리끝에서 발

:

끝까지 하나의 커다란 불덩어리로 팽팽하게 부풀어 오르는듯 했고, 흩어지는 물 싸라기가 흡사 검은 하늘에 퍼진 불꽃놀이의 형상처럼 찬란하게 퍼져나가는 기분이기도 했다.

사람 사는 방법이 각양각색이고 기쁨을 느끼는 대상은 천층만층이겠으나 섹스가 각별한 방식의 환희라는 것은 동서고금의 사실이었다. 흥분이 가시자, 두 사람 사이에는 어색한 분위기마저 감돌았다. 침묵을 깨고, 루디가 먼저 입을 열었다.

"처음이세요?"

"네."

"결혼은 했나요?"

"네, 하지만 이혼했어요."

폴의 말에, 루디는 안도하는 표정을 지었다. 아마도 죄책감 따위는 느낄 필요가 없어서였을 것이다. 벗겨진 옷가지들이 눈에 들어왔다.

루디는 깊은 눈빛으로 폴을 꼼꼼히 바라보다가 입을 열었다.

"언제 알았나요?"

"뭘요?"

"남들과 다르다는 거요."

"가슴속에 자꾸 커가던 게 있었는데 그게 터져버린 순간이라고 하면 아마도 고등학교 때였을 거예요. 아버지의 권유로 풋볼을 하게 되었는데, 어느 날 코치가 대형 가운데에서 공을 잡고 있으라더군요. 시키는 대로 공을 가슴에 감싸안고 자세를 낮추었지요. 엉덩이를 쭉 빼고 말이에요. 그런데 그때였어요. 그 자식이……."

"그 자식이라니요?"

"도니 월쉬라고, 우리 팀 쿼터백이었어요. 그 자식이 내 엉덩이에 손을 올리고 자세를 잡는 거예요. 근데 빌어먹을, 천국이었어요. 그러나 사회에 적응하고 남들처럼 견뎌볼 생각이었어요. 그래서 다른 사람들처럼 결혼도 하고……. 하지만 이 꼴이 되었죠."

．．

폴은 쑥스러운 듯 웃었고, 루디는 이해한다는 듯 환하게 웃었다.

"왜요? 왜 웃는 거죠?"

폴이 물었다.

"가끔 나 스스로를 바라보며 그런 생각을 했어요. 남들은 운명의 신이 여신이라고들 하지만 내가 생각할 때 운명의 신은 꼬마 장난꾸러기임에 틀림이 없다고요. 운명의 신은 실타래를 제멋대로 헝클어놓고 깔깔거리며 웃는 꼬마 장난꾸러기임에 분명해요. 그런 운명의 짓궂은 장난으로 내가 남과 다르게 태어났고, 지금 이 신세가 되었으니 말이에요."

"그래서 인생이 슬퍼요?"

"가끔요. 가끔 원망도 해봐요. 내가 왜 이러는지……."

"이제 원망하지 말아요. 내가 곁에 있을 테니까."

루디는 감동하여 폴에게 입맞춤했다. 폴은 루디를 꼬옥 안았다. 루디의 숨결이 폴의 귓가에 머무는 동시에 달콤함이 온 몸으로 퍼졌다.

그때였다. 자동차 문을 세게 두드리는 소리가 들렸다.

"이봐, 거기서 뭣들 하는 거야?"

외딴길, 좁은 차 안에 남자 둘이 있는 모습은 결코 흔한 광경이 아니었다. 그곳을 순찰하던 경찰관도 그런 그들을 보고 그냥 지나치지 않았다.

"당장 문 열어. 문 열라고!"

경찰관은 더욱 더 매섭게 차 문을 두들겼다. 그러나 폴은 선뜻 문을 열지 못했다. 갑작스런 불청객의 등장은 폴을 잔뜩 긴장하게 만들었다. 그러나 루디는 달랐다. 루디는 이런 일에 익숙한 듯, 창문을 반쯤 내리고 태연한 표정으로 말했다.

"수고하십니다, 경찰관 나리."

"거기 둘, 여기서 뭐 하고 있었어? 바른대로 말해."

"별거 아니에요. 그냥 고교 시절 풋볼 이야기를 하고 있었어요."

"어련하시겠어. 이 호모 새끼들."

경찰관은 루디와 폴을 번갈아 내려다보았다. 그의 눈빛은 경멸로 가득 차 있었다. 루디는 좀처럼 그런 시선을 참지 못했다. 결국 비꼬는 말투로 경찰관의 말을 맞받아쳤다.

"그쪽도 풋볼 선수들 꽤나 쫓아다녔겠는걸요. 어때요? 우리랑 같이 풋볼 이야기나 해볼래요?"

"뭐…… 뭐야?"

루디의 말은 경찰관의 성질을 한껏 돋우고 말았다. 경찰관은 다짜고짜 총을 빼들고 두 사람을 겨누었다.

"모두 손들어."

놀란 폴이 나섰다.

"워워, 진정해요. 진정하라고요."

"닥치고 손들라니깐! 하나, 둘."

흥분한 경찰관은 당장이라도 방아쇠를 당길 기세였다. 당황한 폴은 얼른 손을 들어보였다. 그러나 루디는 좀처럼 말을 멈추지 않았다. 비교적 낙관적으로 생각하고 적극적으로 행동하는 루디였다.

"거참, 왜 이리 화를 내실까. 정말 찔리는 데라도 있으신 모양이지?"

"너 정말 죽고 싶어?"

이대로 두면 정말 큰일이 날 것만 같았다. 폴은 양복 주머니를 뒤적였다. 그리고 경찰관에게 신분증을 내보이며 말했다.

"잠깐, 난 검사요."

"검사?"

"그렇소. 만약 당신이 여기서 방아쇠를 당긴다면 그건 1급 살인입니다. 아마 감방에서 50년간은 동기들과 경찰 놀이를 해야 할 겁니다."

"검사가 호모질이라니. 검찰청에서 아주 좋아하겠군그려."

폴의 말에도 경찰관은 아랑곳하지 않는 눈치였다. 그러나 폴은 조금 전 잔뜩 겁에 질려 있던 풋내기 동성애자의 모습이 아니었다. 수많은 범죄자를 몰아붙였던 바로 그 눈빛으로, 폴은 경찰관을 쏘아보며 말했다.

"당신은 무기도 없는 민간인 둘에게 총을 겨누고 있소. 그중에 한 명은 검찰청 소속 현직 검사란 사실을 명심하시오. 만약 이 사실이 알려지면, 경찰 내사과에서 아주 난리가 날 거요. 경찰의 명예를 손상시키지 않기 위해 그들은 당신의 없던 정신과 치료 전력까지 들먹이려 할 테죠. 아마 내가 동성애자란 걸 믿어주지도 않을 거요. 그 전에 당신은 정신병자 취급을 받고 있을 테니까."

"뭐…… 뭐요?"

침착하지만 단호한 폴의 말투에 사납던 경찰관의 기세는 한 풀 꺾이고 말았다. 폴은 이 틈을 놓치지 않고 말했다.

"경찰 양반, 여기서 그만 멈춥시다. 그게 서로에게 좋지 않겠어요?"

"조…… 좋소. 앞으론 조심하시오."

경찰관은 어쩔 수 없다는 듯, 꺼내든 총을 거두었다. 하지만 여전히 분이 풀리지 않는 모양인지, 바닥에 침을 내뱉었다. 경찰관이 등을 보이고 사라지자, 그제야 폴은 안도의 한숨을 내쉬었다. 루디는 뭐가 그리 좋은지 배꼽을 잡고 웃어댔다.

"하하하, 조금 전 당신의 말에 저 친구 얼굴이 굳어지는 것을 봤나요? 터져나오는 웃음을 참느라 죽을 뻔했다고요."

"웃음이 나와요? 진짜로 죽을 뻔했잖아요."

"미안해요. 하지만 웃긴 걸 어쩌겠어요. 그나저나 아까 저 친구 제법 귀엽던데, 꼬실걸 그랬나 봐요."

루디의 천연덕스러운 말투에, 폴도 그만 피식 웃고 말았다. 그리고 그 순간, 폴은 말할 수 없는 홀가분함을 느꼈다.

그동안 누구에게도 말하지 못했던, 가슴속 응어리가 단번에 풀리는 것 같았다. 이제 막 퍼즐을 맞춘 기분이었다. 자신에게 가면을 씌우고 너무 오래 억지를 부렸으며, 너무 오래 자신을 외롭게 방치해두었다. 불과 몇 시간 전, 바에 들어서지 않았다면, 그래서 루디를 만나지 못했다면 지금 어떤 기분이었을까, 폴은 아찔한 마음마저 들었다.

그런 마음이 든 것은 루디도 마찬가지였다. 조금 전 침착하고 단호한 말투로 경찰관을 몰아붙이던 모습. 그런 폴이라면 세상의 편견과 맞싸울 든든한 방패막이가 되어줄 것만 같았다. 지금은 무르고 연약해도, 언젠가 단단한 강철이 되어줄 것만 같았다. 서로를 바라보며 두 사람은 한참을 웃었다.

비록 남들과 다르다는 것이 슬프긴 했지만, 그렇다고 루디는 결코 자신의 슬픔 속에 빠져 있지 않았다. 오히려 슬픔을 퍼올려 온 세상과 노래로 나누며, 그 나눔을 통해 슬픔을 즐거움으로 바꾸어갔다. 그래서 루디는 남들보다 반음쯤 높고 경쾌한 목소리와 고른 치아를 환히 드러내는 씩씩한 미소를 트레이드 마크로 삼고 있었다. 그런 루디가 가지고 있는 에너지는 폴에게 그대로 전해졌고, 찬바람이 드나들던 그의 생에 의욕을 깨어나게 했다.

인연

차창 밖으로 시선을 던지고 있던 루디는 오늘 일이 마치 꿈처럼 느껴졌다. 폴이 운전하는 자동차는 어느 후미진 거리에 멈춰섰다. 그들은 이미 몸속 구석구석에 먼지로 쌓였을 외로움의 장막을 걷어내고 있었다.

"이름이 뭐예요?"

"폴 플래거요. 당신은?"

"루디 도나텔로예요. 반가워요."

"나도 반가워요."

그제야 두 사람은 처음 만났을 때 나눌 법한 인사말을 서로에게 건넸다.

"여기가 집인가 보군요."

폴은 루디가 사는 곳 주변을 유심히 살폈다. 낡고 초라한 건물, 루디는 들키고 싶지 않은 것을 들킨 수줍은 소녀처럼, 얼굴을 붉혔다.

"말리부의 집이 수리중이라 잠시 여기 살아요. 이런, 너무 늦어버렸네요. 이만 가봐야겠어요. 조심히 가세요."

루디는 둘러대듯 말하며 급히 차 문을 열었다. 폴은 화들짝 놀라, 루디의 손목을 잡아챘다.

"저…… 잠깐만요."

폴은 양복주머니에서 펜과 종이를 꺼내들었다.

"전화해요."

휘갈겨 쓴 폴의 전화번호는 두 사람의 다음을 기약하는 것이었다. 폴의 목소리에는 분명 간절함이 담겨 있었다. 루디는 잠깐 폴의 눈을 들여다보았다. 그리고 미소를 머금으며, 폴에게 수줍은 입맞춤을 했다. 영혼이 영혼을 만나는 것 같은 포근하고 따스한 입맞춤이었다. 그것은 예측불허의 관계였고, 폴에게는 또 다른 세상이었다.

"안녕히 가세요."

루디는 허름한 건물 안으로 총총 사라져버렸다. 폴은 루디의 뒷모습이 사라진 뒤에도 한참을 더 그 자리에 머물렀다. 왠지 하룻밤의 인연으로 끝날 것 같지는 않았다.

집을 향해 들어서는 루디에게는 그다지 유쾌하지 못한 현실이 기다리고 있었다. 옆집에서 새어나오는 음악소리가 비좁은 복도에 가득 울려퍼졌다.

'어째서 옆집 여자는 시끄러운 음악을 내내 틀어놓고 있는 걸까? 혹시 음악광이라도 되는 걸까?'

그러나 들려오는 음악소리에는 음악에 조예가 깊은 사람이라면 갖고 있을 법한 장르적 일관성이 없었다. 게다가 날카로운 메탈음악은 그렇다 쳐도, 잔잔한 클래식 음악마저 스피커가 찢어질 듯 볼륨을 높여 듣는 것은 음악에 대한 기본적인 상식이 없는 것이었다. 아마도 무언가 은밀한 행위를 감추기 위해 스피커의 볼륨을 한껏 올려놓고 있는 것이리라. 어쩌면 그 처지가, 게이 바에서 두꺼운 화장을 한 채 립싱크를 하는 자신의 처지와 다를 바 없다는 생각에, 루디의 마음이 누그러졌다.

현관문 앞에 선 루디는 주머니를 뒤적거렸다. 그리고 열쇠 구멍에 열쇠를 맞추어 넣으려는데, 복도 바닥에 너부러져 있는 인형 하나가 눈에 들어왔다. 낡은 여자 인형, 왠지 어둠 속에 홀로 두고 싶지 않았다. 루디는 인형을 집어 들고 옆집 문을 두들겼다.

"무슨 일이죠?"

현관문이 열리자, 시끄러운 음악소리는 더욱 크게 들려왔다. 루디를 알아본 마리아나는 잔뜩 짜증이 난 표정을 지어 보였다.

"이 집에 아이가 있죠?"

"그런데 왜요?"

"이 집 아이 것 같아서요."

루디는 들고 있던 인형을 내밀며 말했다. 마리아나는 고맙다는 인사도 없이 인형을 낚아챘다. 그리고 무엇인가를 감추려는 듯, 황급히 문을 닫으려 했다.

"자…… 잠깐만요."

"왜요? 또 무슨 용무가 있나요?"

"음악 좀 줄여요. 음악을 너무 크게 들으면, 귀가 망가져요. 특히나 이 집에는 애도 있잖아요. 애를 위해서라도……."

루디는 애써 침착한 말투로 말했다. 그러나 그런 말투가 오히려 마리아나의 심기를 건드리고 말았다.

"양육 전문가라도 되시나요? 불필요한 신경은 끊으시죠. 이호모 새끼야."

경멸스런 말투는 루디에게 익숙한 것이었지만 순간 발끈 하는 마음은 어쩔 수 없었다. 그러나 닫힌 문 앞에서 루디는 순순히 되돌아섰다. 폴과의 황홀했던 이 밤을 싸움으로 끝맺고 싶지 않았다. 집으로 돌아선 루디는 입고 있던 옷을 벗어던지고, 침대 위에 철퍼덕 몸을 뉘었다.

지치고 힘든 하루였다. 하지만 잊을 수 없는 아름다운 하루이기도 했다. 폴과의 설레던 만남을 떠올리며, 루디는 스르륵 깊은 잠에 빠져들어갔다.

인형

다음 날 아침, 떠오르는 태양이 방 안을 빨갛게 물들였다.

"이봐, 문 열어. 문 열라고."

이른 아침부터 문을 두드리는 소리에 루디는 잠에서 깨고 말았다. 문밖에는 집주인이 잔뜩 성이 난 표정으로 서 있었다. 루디는 아침부터 집주인이 찾아온 이유도, 그가 왜 그렇게 화가 나 있는지에 대해서도 잘 알고 있었다. 그런데도 시치미를 뚝 뗀 채, 현관문을 열었다.

"아침부터 무슨 일이세요?"

"몰라서 물어? 벌써 6일이나 지났어."

"고작 그런 것 때문에 아침부터 사람을 깨워요?"

루디는 신경질적으로 지갑에 있는 돈을 모두 꺼내 집주인에게 건넸다. 하지만 밀린 집세를 갚기에는 턱없이 부족한 금액이었다. 돈을 세던 집주인의 얼굴이 붉으락푸르락 변했다.

"고작 12달러잖아. 지금 장난해?"

"사정 좀 봐줘요. 내일 꼭 줄게요."

"내일은 오늘이 아냐."

"내일이 오늘이 아니라니. 무슨 실존철학 해요?"

"말장난하지 마. 내일까지 못 내면 정말 쫓겨날 줄 알아."

"알았어요. 좀 봐줘요."

루디는 굽실거리며 집주인의 등을 떠밀었다. 그런데 옆집에서 새어나오는 음악소리가 루디의 신경을 긁고 말았다.

"나한테만 이러지 말고, 이 소음 좀 어떻게 해봐요. 밤낮으로 이러는데 정말 미칠 지경이라고요."

"아무리 집주인이라고 해도 음악 트는 것까지 간섭할 수는 없지 않나? 아무튼 내일 다시 올 테니, 그때까지 집세나 마련해 놔. 내일도 못 내면 정말 나도 어쩔 수 없어."

"집세만 받으면 그만이라 이거예요?"

"그럼 내일 보세나."

집주인은 모른 척 등을 보이고 사라졌다. 루디는 더 이상 참을 수 없다는 듯, 반쯤 열려 있던 옆집 문을 열어젖혔다.

"아줌마, 음악 좀 줄여요. 아니면 문이라도 닫든가."

루디는 집주인의 허락도 받지 않은 채, 집 안으로 성큼성큼 걸어 들어갔다. 그리고 조금의 망설임도 없이, 볼륨이 최대로 높여진 오디오의 전원을 꺼버렸다. 그런데 집 안의 분위기는 루디가 생각한 것과 전혀 달랐다. 집 안은 텅 비어 있었고, 열다섯 살 정도 되어 보이는 남자아이만이 침대 구석에 쭈그리고 앉아 있을 뿐이었다.

루디의 갑작스런 등장에 아이는 잔뜩 겁을 집어먹은 듯했다. 게다가 루디는 달랑 속옷만 걸친 채였다. 지난밤 만났던 경찰관이 이 장면을 보았다면 주저하지 않고 루디의 손목에 수갑을 채웠을 것이다.

아이는 품 안에 있던 인형을 꼭 끌어안았다. 지난밤, 루디가 주워다준 바로 그 인형이었다. 밤이라서 제대로 보지 못했던 그 인형은 드레스에 긴 금발이었고 진하게 화장을 하고 있었다.

루디는 얼른 표정을 고치고, 조심스레 아이에게 다가갔다.

"엄마는 어디 갔니? 혹시 간밤에 외박이라도 한 거니?"

루디가 물었지만 아이는 뚫어지게 쳐다볼 뿐, 아무런 반응을 보이지 않았다. 딱 봐도, 아이는 정상이 아닌 듯했다.

"말은 할 줄 아니?"

루디가 재차 묻자, 아이는 고개를 끄덕였다. 루디는 안도의 한숨을 내쉬었다.

"다행이네. 이름이 뭐니?"

"마르코."

"안녕, 마르코. 반가워. 난 루디야."

루디는 마르코에게 손을 내밀며 악수를 청했다. 그러나 마르코는 선뜻 루디의 손을 잡아주지 않았다. 루디는 멋쩍은 듯 머리를 긁적이며 돌아섰다. 그런데 정말 이상한 일이었다. 등 뒤에 있는 마르코의 존재가 루디의 발걸음을 무겁게 만들었다. 아무리 생각해도, 빈 집에 장애를 가진 아이를 혼자 내버려두는 것은 루디의 상식에 맞지 않았다.

집으로 돌아왔지만 루디의 마음은 마르코에게 가 있었다. 벌써 점심때가 훌쩍 지났는데도, 마리아나는 좀처럼 돌아오지 않고 있었다. 마리아나에게 무슨 일이 생긴 건 아닌가 하는 불길한 생각이 들었다. 그게 아니라면 마리아나는 참으로 무책임한 부모였다.

'이제 어떻게 해야 하나?'

루디는 고민하지 않을 수 없었다. 경찰에 신고해야 하나, 아니면 아동복지국에 전화를 걸어야 하나. 그러나 그 어느 것도 마르코를 위한 것은 아닌 듯했다. 그때 문득 루디는 폴을 떠올렸다.

그는 검사다. 그라면 무언가 도움이 되어줄 것만 같았다. 루디는 간밤에 아무렇게나 벗어놓았던 바지 주머니에서 폴의 전화번호를 찾아냈다. 루디는 마르코를 데리고 밖으로 나왔다.

루디는 한 손으로 마르코의 손을 꼭 쥐고, 다른 손으로는 조심스레 공중전화의 다이얼을 돌렸다. 전화번호를 누르는 손이 설렘으로 살짝 떨렸다. 신호음이 들리기 시작했고, 곧이어 여자의 음성이 들려왔다.

"안녕하세요. 플래거 검사실입니다."

혹시라도 폴이 가르쳐준 전화번호가 가짜면 어쩌나 하는 걱정을 잠시 했었다. 루디는 안도하며 말했다.

"안녕하세요. 플래거 검사님 좀 바꿔주세요."

"실례지만 누구시죠?"

"루디 도나텔로라고 합니다."

"무슨 용건이시죠?"

루디는 순간 당황했고, 상대편에서는 그걸 눈치챈 듯했다.

"그…… 그게."

루디는 선뜻 용건을 말하지 못했다. 하필이면 그때, 지나던 비렁뱅이 래리가 루디를 알아봤기 때문이다. 이따금 루디는 래리에게 동전을 준 적이 있었다.

"루디, 한 푼만 줘."

"이봐, 래리. 나 지금 전화하는 거 안 보여?"

"그러지 말고 좀 줘. 배고프단 말이야."

거머리 같은 래리는 좀처럼 곁을 떠나려 하지 않았다. 다급한 마음에 루디는 래리에게 버럭 고함을 내질렀다.

"저리 꺼지지 못해, 이 거지새끼야! 정말 맞고 싶어?"

그때 래리가 소리를 질러댔다.

"이 미친 호모 새끼. 엿이나 먹어라."

다시 전화를 받았을 때, 검사실 비서 모니카의 목소리는 조금 전과는 다르게 차갑게 변해 있었다. 조금 전, 루디와 래리의 대화가 고스란히 그녀의 귀에도 들어간 모양이었다.

"도나텔로 씨, 지금은 통화가 힘드시겠네요."

"어째서죠?"

"그…… 그게, 검사님은 지금 다른 손님을 만나고 계세요."

"받기 싫단 소리를 그렇게 하시나봐요?"

"메시지 남겨드릴까요?"

"메시지는 필요 없고 직접 바꿔줘요."

"메시지 남겨주시면 꼭 전해드릴게요."

"귀가 먹었어요? 메시지는 됐다고 했잖아요."

"용건이 없으면 이만 끊겠습니다."

"빌어먹을."

루디는 폴이 일부러 전화를 받지 않는다고 생각했다. 아마도 폴은 지난밤의 일을 후회하고 있는지도 몰랐다. 게이 바를 찾은 것도, 차 안에서 은밀한 행위를 한 것도 그리고 루디에게 연락처를 알려준 것도 모두 후회하고 있을지 몰랐다. 그는 다시 본성을 감추고 지극히 평범한 사람처럼 행동하고 있으리라. 비서에게 성적인 농담을 건네고, 금발의 방문객과 야릇한 눈빛을 교환하고 있으리라. 자신이라도 폴의 상황이라면 그럴 수 있겠단 생각이 들었다. 그리고 더 이상 눈치 없이 연락하면 안 되겠다고 생각도 하게 되었다. 혼란스런 시간이 지나갔다. 루디는 마음속으로 수백 번 폴을 이해할 수 있다고 생각했다.

'하지만……'

폴의 얼굴이 다시 떠올랐다. 인자한 웃음, 동그란 눈동자와 말끔하게 차려입은 옷, 이런 세세한 것들이 만져보고 싶을 만큼 선명히 눈앞에 떠올랐다. 그는 지금 폴을 보고 싶어 하는 것인지 아니면 도움을 받고 싶어 하는 것인지도 확실치 않았다. 다만 이 순간, 루디가 믿고 의지할 사람은 오직 폴뿐이었다. 루디는 폴의 도움이 간절히 필요했다.

시선

　루디의 마음 깊은 곳에서부터 무겁고 불규칙한 숨소리가 들리는 것 같았다. 얼굴에는 비장함마저 감돌았다.

　'만약 그가 모르는 척한다면?'

　망설임 끝에 동성애자 루디와 다운증후군 마르코가 검찰청 로비로 들어섰다. 아니나 다를까 사람들이 힐끔힐끔 쳐다보며 수군거렸다. 하지만 루디는 그런 시선 따위에 아랑곳하지 않았다.

　"폴, 폴 플래거를 찾아요. 검사예요. 내 친구지요."

　루디는 지나가는 사람마다 붙들고 물었다. 그러나 그 누구도 루디에게 길을 안내해주지 않았다. 그럴수록 루디의 목소리도 더욱 커져갔다. 마침 복도를 지나던 모니카는 루디가 조금 전에 전화한 바로 그 사람이란 사실을 단번에 알아차렸다.

"잠깐만요. 검사님은 지금 외출중이세요."

"나는 지금 폴을 만나야겠어요."

"외출중이라고 했잖아요."

"누가 그런 뻔한 거짓말에 속을 것 같아요?"

루디는 막무가내로 모니카를 몰아세웠다.

"계속 이러시면 경찰을 부르겠어요. 정말 부릅니다."

모니카의 말투는 점점 강압적으로 변해갔다. 사람 대접은커녕 냉랭하기 그지없었다. 이건 대놓고 사람을 괄시하는 것이었다. 만약 그때 폴이 나타나지 않았다면, 정말로 루디는 경찰들에게 끌려갔을지도 몰랐다.

"괜찮아요, 모니카. 내가 알아서 할게요."

"하지만 검사님."

폴은 대답 대신 고개를 끄덕였다. 모니카는 폴이 왜 저런 동성애자를 만나주는지 선뜻 이해할 수 없다는 표정을 지어 보였다. 주위에서 지켜보던 사람들도 의아한 표정을 짓기는 마찬가지였다. 폴은 그런 사람들의 시선을 의식하지 않을 수 없었다.

"도나텔로 씨, 방으로 들어가서 이야기하시죠."

폴의 말투는 철저히 사무적이었다. 폴은 정중한 태도로 루디와 마르코를 작은 방으로 안내했다. 그리고 문을 꼭 닫고 창밖을 살핀 뒤에야, 잔뜩 당황한 표정이 되어 말했다.

"루디! 뭐 하는 짓이에요? 진짜 미쳤어요?"

"내 전화 받았으면 미친 짓 안 했죠."

루디는 당당하게 말했다.

"전화를 일부러 안 받은 적은 없어요. 그리고 여긴 내 직장이라고요."

루디도 폴의 입장을 이해 못하는 것은 아니었다. 하지만 서운한 마음을 감추지는 못했다.

"누가 그걸 모른대요? 하지만……."

루디는 폴에게 따져 물으려다 그만두었다. 루디가 폴을 찾은 데는 다른 이유가 있었기 때문이다.

"좋아요. 내가 여기 온 건 도움이 필요해서예요."

"도움이라뇨?"

어젯밤 같은 다정한 폴은 결코 아니었다. 여전히 사무적이었다. 그때까지 마르코는 잔뜩 겁먹은 표정을 하고서는 루디의 등 뒤에 숨어 있었다. 루디는 그런 마르코를 폴 앞에 바로 세웠다.

"마르코예요. 우리 옆집 앤데, 엄마가 애를 버려두고 아직 안 들어왔어요."

"그래서 어쩌라고요?"

"당신은 검사잖아요. 아무거나 조언 좀 해줘요."

폴은 어이가 없다는 듯 한숨을 푹 내쉬었다. 그리고 머리카락을 손으로 쓸어올리며 잠시 생각하는 듯하다가 말했다.

. .

"지금 조언이 필요하다고 했습니까?"

"그래요."

"그렇다면, 아동복지국에 전화하는 편이 좋겠군요."

"그 생각을 안 해본 건 아니에요. 하지만 아동국에서는 마르코를 위탁가정에 보낼 거예요. 그곳이 어떤 곳인지 몰라요? 마르코와 같은 다운중후군 아이가 그런 낯선 환경을 이겨낼 수는 없어요."

루디는 간절한 목소리로 말했다. 그러나 폴의 생각은 단호했다.

"그렇다면 내 조언은 여기까지예요. 더 이상 해줄 말은 없어요."

"정말 그게 전부예요? 참 대단한 검사시네요."

루디는 실망한 표정을 감추지 못했다. 폴은 그제야 자기가 무슨 실수를 저질렀는지 깨달았다. 그러나 미안함을 표현하는 폴의 방식은 서툴기만 했다. 폴은 되돌아가는 루디를 불러

세웠다.

"저…… 잠깐만요."

"왜요? 더 할 말이 없다면서요."

"그…… 그게 아니라. 혹시 돈 필요해요?"

"다시는 찾아오지 말라는 말로 들리는군요."

루디는 자존심이 상했다.

"그…… 그게 아니라."

"됐어요. 이만 가볼게요. 실례가 많았군요."

폴은 루디와 더 이야기를 나누고 싶었지만 잡을 수 없었다.

루디가 검찰청 건물을 빠져나오자, 더 높은 건물이 주변에 솟아 있는 것이 보였다. 아마도 저 건물 안에는 거리에 나온 사람들보다 더 많은 사람들이 있을 것이었다. 그러나 그 많은 사람 중에 마르코를 도와줄 사람은 오직 루디뿐인 듯했다. 힘에 부치더라도, 진심으로 루디는 마르코를 돕고 싶었다. 루디는 잡고 있던 마르코의 손을 더욱 힘주어 잡았다.

• •

위탁가정

'그렇다면 이제 어떻게 해야 하나?'

루디와 마르코는 차가운 콘크리트 난간에 기대어 섰다. 막막했다. 아무리 생각해도 갈 곳은 허름한 집뿐이었다. 한 걸음 한 걸음 걸을 때마다 더 이상 해줄 말이 없다고 딱 잘라 말하던 폴의 말투가 자꾸 머릿속에서 맴돌았다.

'내 주제에 뭘 기대했던 거지? 그건 욕심이야.'

루디와 마르코가 좁은 복도로 들어섰을 때, 심상치 않은 분위기가 감지되었다. 더 이상 시끄러운 음악소리가 들려오진 않았지만, 낯선 사람들이 마르코의 집 안 곳곳을 뒤적이고 있었다.

'이건 아닌데…….'

루디가 뭔가를 예감하고 오던 길로 다시 도망가려고 하자 그 중 한 여자가 마르코를 발견하고는 달려와 그들을 붙들었다.

"당신이 왜 이 아이를 데리고 있는 거죠?"

"난 그냥 이웃이에요. 얘 엄마가 안 돌아와서 데리고 있었 어요."

여자는 루디의 말이 채 끝나기 전에, 마르코의 손목을 잡아 끌었다.

"아이의 엄마는 돌아오지 않아요. 이제 이 아이는 저희가 맡 도록 하죠."

"대체 무슨 일이에요? 왜 마르코를 데리고 가려고 하죠?"

"얘 엄마가 마약 복용 혐의로 체포됐어요. 이제 됐나요?"

그들은 아동복지국에서 나온 직원들이었다. 아동국직원들은 마르코의 옷가지며 짐을 챙겨서 집을 떠날 채비를 했다. 이제 마르코는 위탁가정에 맡겨져 보호될 것이 분명했다. 그러나 누

• •

가 마르코와 같은 다운증후군 아이를 따뜻한 관심과 사랑으로 돌보아줄까, 마르코도 그걸 아는 듯했다.

"가자. 어서 가자니깐. 얘가 왜 이래."

마르코가 발걸음을 머뭇거리자, 아동국직원은 내내 신경질적인 태도로 마르코를 재촉했다. 루디는 그 모습을 더 이상 두고 볼 수 없었다.

"잠깐만요. 아이에게 왜 그래요? 좀 친절할 수 없나요? 당신 이름이 뭐예요?"

"아동국의 마르티네즈예요. 무슨 불만이라도 있으세요?"

"당신이 불만이에요. 아이를 그렇게 함부로 다루지 말아요."

루디는 단호한 어조로 말했다. 그러나 아동국직원은 루디의 말을 귓등으로도 듣지 않는 눈치였다.

"그럼 민원 넣으세요."

"좋아요. 검찰청에 친구가 있어요. 두고 보세요."

"얼마든지요. 말 끝났나요?"

"끝났어요."

아동국직원은 마르코를 다시 잡아끌었다. 마르코는 가기 싫은 듯, 계속해서 루디를 뒤돌아보았다. 그러나 루디는 두고 볼 수밖에 없었다.

아동국직원의 손에 이끌려온 마르코는 어느 위탁가정에 맡겨졌다.

"마르코. 이제부터 여기가 너의 집이란다."

마르코는 주위를 둘러보았다. 거실에 놓인 소파도, 주방의 냉장고도, 침실의 침대도 그 어느 것 하나 낯익은 것이 없었다. 마르코의 심장이 쿵쾅쿵쾅 뛰기 시작했다. 마르코는 두려웠다.

"잘 부탁드립니다."

"걱정 마세요. 우린 언제나 아이를 사랑으로 돌보니까요."

아동국직원이 돌아가고, 위탁모가 한 발 두 발 마르코 쪽으로 걸어왔다. 그녀는 다정할까, 그녀는 어떤 말을 해줄까, 궁금

. .

했다. 문득 어디선가 처음 만난 사람에게 어떤 인사를 건네야 하는지 본 것 같았다.

'안녕하세요.'

하지만 위탁모는 마르코를 그대로 지나쳐, 방으로 들어가버렸다. 텅 빈 거실의 모습이 너무도 낯설게 느껴졌다.

"엄마, 학교 다녀왔습니다."

현관문이 열리고, 예쁘장하게 생긴 아이가 집 안으로 뛰어들어왔다. 마르코보다 대여섯 살은 어려 보였다. 아이는 힐끔 마르코를 보았다. 다시 안녕이라 말해볼까, 미처 입을 열기도 전에, 아이는 얼굴을 찡그렸다.

아이의 목소리를 듣고, 위탁모가 방에서 나왔다. 아이는 쪼르르 그녀에게 달려가 안겼다.

"엄마, 누구야?"

"당분간 우리 집에 있게 될 거야."

"근데 좀 이상해."

"모자란 아이란다. 신경 쓰지 말거라. 우리 아가 배고프지? 뭐 먹고 싶니?"

"초콜렛 도넛."

위탁모는 그 아이에게만 초콜렛 도넛을 주었다. 마르코는 부러운 듯이 그 모습을 바라보았다. 아이는 초콜렛 도넛을 크게 한 입 베어물고는 마르코를 넌지시 바라봤다. 마르코의 배 속에서도 꼬르륵 소리가 났다. 그렇게나 큰 소리로 났는데도 위탁모는 듣지 못한 듯했다. 마르코는 침을 꿀꺽 삼켰다.

아이는 여전히 초콜렛 도넛을 맛있게 먹고 있었다.

아이와 위탁모가 방으로 들어가는 것을 보고 마르코는 터벅터벅 창가로 다가갔다. 창밖에 풍경이 펼쳐졌다. 다닥다닥 붙어 있는 집들과 그 사이를 지나는 사람들, 저 중에는 마르코의 집도 있을 것이다.

'엄마는 집에 돌아왔을까?'

마르코에게 따뜻한 말 한마디 해준 적 없는 엄마였지만, 그

• •

래도 마르코에겐 하나밖에 없는 엄마였다. 엄마를 만난다면 초
콜렛 도넛이 먹고 싶다고 말하고 싶었다. 마르코는 집에 돌아
가고 싶었다. 여기는 마르코의 집이 아니었다.

현관문이 반쯤 열려 있었다. 아이가 들어오면서 닫지 않은 모
양이었다. 마르코는 현관문으로 다가갔다. 천천히 걸었는데도,
아무도 눈치채지 못했다.

게이 바

폴은 낮 동안의 일이 내내 마음에 걸렸다. 아니, 그보다 루디를 보고 싶었다. 다시 만나면 이제 제대로 사랑할 수 있을 것 같았다. 다시 만나면 이제 제대로 말할 수 있을 것 같았다. 아침 태양이 가슴으로 뛰어든 듯, 루디의 생각만으로도 가슴이 뜨거웠다.

일을 끝내고 바에 들어선 폴은 지난번에 앉았던 바 테이블에 앉았다. 실내조명이 바뀌고 노랫소리가 들렸다. 그날따라 루디의 노래는 유난히 슬프게 들렸다. 그의 드레스는 전처럼 화려하지 않았고 화장도 세련되지 못했다. 눈가의 마스카라는 어느새 검게 번져 있었다.

일렬로 늘어선 각양각색의 술잔들은 천천히 회전하는 조명의 불빛이 닿을 때마다 금강석을 품은 듯이 날카롭게 반짝였다.

폴은 말없이 무대 위 루디의 모습을 지켜보았다. 루디의 시선이 관객들에게로 향했다. 테이블에 앉아 내내 손을 흔들던 콧수염이 난 사내와 눈이 마주치자, 루디는 환한 얼굴을 하며 방긋 웃어주고 있었다. 그러나 그 웃음이 진심이 아님을 폴은 알고 있었다.

'여기예요. 여기에 있는 날 봐줘요. 우린 서로 마음이 잘 통했잖아.'

폴은 마음속으로 말했다. 그런 폴의 마음을 들여다보고 있는 듯 루디의 시선이 폴을 향했다. 폴은 환하게 웃으며 손 인사를 건넸다. 그러나 루디는 얼른 시선을 다른 곳으로 옮겼다.

쇼는 계속되네. 원숭이 한 마리.

쇼를 멈추지 말아요.

내 사랑이 싫다면 떠나도 좋아요.

인생은 연극, 우리는 배우.

사랑의 스타가 되려거든 맘으로 느껴야 해요.

연기가 어색해요.

날 진심으로 사랑하지 않네요.

당신 역할 노리는 남자들 줄 섰어요.

내 상대 배우가 되기 싫다면

내 인생에서 나가요, 다시 살아보게.

쇼는 계속되네. 원숭이 한 마리!

　루디의 노래는 마치 폴을 향한 노래와 같았다. 하지만 폴은 루디의 인생에서 나가고 싶은 생각이 추호도 없었다. 아니, 루디의 삶 속에서 루디와 함께하고 싶었다. 무대가 막을 내리자,

폴은 자리에서 일어나 루디에게 다가갔다. 반겨줄 거라 생각하지는 않았지만, 폴을 대하는 루디의 표정은 차갑기만 했다. 루디에게서 희미한 향수 냄새가 날아왔다. 폴이 좋아하는 향기였다.

"무슨 일이죠?"

"할 말이 있어요."

"할 말 있으면 여기서 해보시죠."

루디의 뒤에는 조니와 비욱스가 버티고 서 있었다. 폴은 두 사람에게 눈인사를 건넸다. 자리를 비켜달라는 간절한 의미였다.

"이런, 시간이 벌써 이렇게 되었네. 오늘 약속이 있어서."

"맞다. 그러고 보니 마침 나도 약속이 있었네."

조니와 비욱스는 멋쩍은 듯 자리를 피했다. 루디는 어쩔 수 없다는 듯, 바의 한편에 마련된 자리로 폴을 안내했다.

폴은 선뜻 말문을 열지 못했다. 그리고 마주 앉은 두 사람 사이에는 정적이 감돌았다. 루디는 입이 간지러웠지만, 폴이 먼저 입을 열 때까지 기다려주었다. 그건 폴에 대한 배려라기 보다는 자존심의 문제였다. 루디는 여전히 아무 말도 하지 않았고 폴은 드디어 이야기를 시작했다.

"난 왈라왈라 출신이에요."

"왈라왈라요?"

"네, 워싱턴주 왈라왈라요."

폴의 첫마디는 예상치 못한 것이었다. 내내 표정을 굳히던 루디는 그만 피식 웃음을 터뜨리고 말았다. 덕분에 무거웠던 분위기가 한결 가벼워졌다. 폴은 새삼 왈라왈라 출신인 것이 커다란 축복처럼 느껴졌다. 그러나 두 사람에겐 좁힐 수 없는 거리가 있었다. 한 점에서 만났다가 점점 더 멀어지는 두 개의 직선처럼 그들은 한순간 같은 마음이었다가 이내 끝도 없이 멀어졌다. 그런 마음을 눈치챈 듯, 폴이 진심을 담아 이야기했다.

"대학을 졸업하고 보험일을 시작하고 결혼도 하고 모든 것이 완벽했어요."

"보험팔이는 지루했고 점점 여장 남자가 만나고 싶어졌겠죠. 여자와 만났다 깨지면서 결국엔 가면을 벗고 사랑하는 남자를 찾는다는 뭐 그런 흔한 스토리 아닌가요?"

루디는 폴의 말을 끊고 말했다. 그런 뻔한 스토리라면 이미 수도 없이 들었으니 더 이상 말하지 않아도 괜찮다는 투였다. 하지만 이런 이야기를 늘어놓는 것이 폴에게는 처음 있는 일이었다.

"이혼을 하고 이쪽으로 이사를 왔어요. 그리고 법을 공부해서 세상을 바꾸기로 결심했어요. 솔직히 검사가 됐을 땐 세상에 보탬이 될 거라 믿었어요. 정의를 위해 싸우고, 선량한 사람들을 지키고 범죄자들을 잡아넣고."

"그래서 그동안 세상을 많이 바꾸셨나요?"

"그…… 글쎄요."

폴은 자신이 없는 듯, 대답을 망설였다.

"이런, 너무 내 이야기만 했네요. 이번엔 당신 얘길 해봐요."

가장 솔직한 가슴 밑바닥의 이야기를 털어놓던 폴은 급히 말을 돌렸다. 그러나 루디는 선뜻 자신의 이야기를 들려주지 않았다.

"내 얘긴 재미없어요. 아니, 말할 것도 없어요."

"거짓말 마요."

"거짓말 아니에요."

루디에게는 서두는 기색이나 흔들림이 없었다. 정작 흔들리는 것은 폴이었다.

"그러지 말고 이야기 좀 해줘요."

"진짜 내 얘기가 궁금해요?"

"그래요."

폴이 재차 대답했다. 루디는 어쩔 수 없다는 듯, 바의 피아노 연주자에게 손짓을 했다.

"조지, F키로 블루스 부탁해요."

• •

"뭐 하는 거예요?"

"귀여운 표정으로 보기나 해요."

루디는 천천히 무대 위로 걸어나갔다. 그리고 피아노 소리에 맞추어 노래를 부르기 시작했다. 무대 위의 모습이 새삼스러울 것도 없었지만, 폴은 말할 수 없는 전율을 느꼈다. 무대 위에서 루디는 진짜 자기 노래를 하고 있었다.

내 고향은 저 멀리 퀸즈라고 불리는 곳이라네.

새파란 십대에 고향을 떠나왔지.

소위 낙원이란 동네에 사는데

여기선 잔디에 녹색 물감 뿌리더라.

살림도 별로 없고 가진 돈도 없네.

여기서 일하는 덕에 월세는 내고 살지.

인생에 돈이 전부가 아니지만

그래도 있음 좋잖아.

나를 알고 싶다고?

이게 나야.

난 과거도 상처도 문제도 많은 놈이야.

당신도 그렇잖아.

여기서 이렇게 밤새 떠들든가

당신 차로 가서 2라운드를 뛰든가.

　노래가 끝나는 순간까지, 폴은 한순간도 루디에게서 시선을 놓지 못했다. 폴은 넋이 나간 표정으로 내내 루디를 바라봤다. 루디는 쑥스러운 미소를 지으며, 자리로 돌아와 앉았다.

　"정말 최고였어요. 이렇게 노래를 잘하면서 왜 립싱크를 하는 거예요?"

　"나도 진짜 내 공연을 하고 싶어요. 립싱크 공연은 그냥 흉내일 뿐이죠."

　"그런데 왜요?"

• •

"뭐가요?"

"노래요. 왜 진짜 노래를 하지 않는 거예요?"

폴의 말에 루디의 표정은 이내 굳어지고 말았다.

"그야, 내가 노래를 불러주길 바라는 곳이 없으니까요."

"그렇다면 데모 테이프라도 만들어서 돌려요. 분명 당신의 노래를 듣고 누군가가 당신을 불러줄 거예요."

"돈이고 시간이고 있어야 만들죠."

"아, 그렇군요."

그제야 폴은 실수를 깨닫고 머리를 긁적였다.

"하지만 꿈은 있어요. 내 노래를 부르겠다는 꿈."

비록 지금은 립싱크하는 가수로 살고 있지만, 언젠가는 가수가 될 수 있다는 희망으로 루디는 견디고 있었다. 만약 그런 기대감이 없었다면 그는 절망하고 말았을 것이다. 폴은 다시 한 번 말해주고 싶었다.

"당신의 노래는 정말 최고예요. 그건 내가 확실히 보증할 수 있어요."

"말만으로도 고마워요."

루디는 입꼬리를 위로 끌어올리며 웃었다. 하지만 그런 억지 웃음이 왠지 더 슬퍼 보였다. 폴은 밝은 목소리로 말했다.

"당신은 정말 가수예요."

‥

가족

폴이 운전하는 자동차를 타고 집으로 돌아오는 동안, 루디는 차창에 비친 자기의 모습을 바라보았다. 잘생기진 않았지만 제법 매력 있는 얼굴이었다. 이 정도면 관객들에게 충분히 어필할 수 있는 외모였다. 문득 루디는 무대 위에서 화장을 지우고, 진짜 노래를 하는 자신의 모습을 그려보았다. 음악인으로서 루디만의 독특한 색깔을 가지고 멋지게 노래를 부를 수 있다는 것은 그의 오랜 꿈이요, 희망이며 정말 황홀한 일이었다. 그 생각에 루디의 마음이 훈훈해졌다. 새삼 차가운 웨스트 할리우드 거리가 따뜻하게 느껴졌다. 그런데 그때, 낯익은 모습이 스치

듯 지나갔다. 루디는 화들짝 놀라 외쳤다.

"저길 봐요. 잠깐만요! 차 좀 세워봐요!"

"왜 그래요?"

루디의 목소리에 폴이 놀라 물었다.

"그 애를 본 것 같아요."

"그 애라뇨?"

차가 미처 멈추기도 전에, 루디는 대답도 하지 않고 차 문을 열고 뛰쳐나왔다. 그리고 왔던 길을 되돌아 달렸다. 이내 걸음을 멈춘 루디는 너무나 놀라고 믿을 수 없다는 표정을 지어 보였다. 작은 키에 뚱뚱한 체격, 가슴에 인형을 꼭 품어 안은 마르코가 뒤뚱뒤뚱 걸어오고 있었다.

"마르코, 대체 어떻게 여기까지 왔어?"

"걸어서요."

"어디에 가려고?"

"집에요."

••

"집? 엄마가 있는 집 말이니?"

마르코는 말없이 고개를 끄덕였다.

"맙소사."

위탁가정에 있어야 할 마르코가 어찌하여 거리에 나오게 되었는지, 루디는 알지 못했다. 하지만 분명한 건, 마르코가 집을 그리워하고 있다는 것이었다. 루디는 조금의 망설임도 없이, 마르코를 차에 태웠다.

"어쩌려고 그래요? 아동국에서 알면 문제가 심각해져요."

폴은 걱정스런 표정으로 말했다. 그러나 루디의 결심은 단호했다.

"그렇다고 이대로 둘 수는 없잖아요. 마르코는 집을 그리워하고 있어요. 모르긴 몰라도 위탁가정은 마르코의 집이 되어주지 못한 거예요."

"하지만 마르코는 길에 버려진 유기견이 아니에요."

"그러니 더더욱 두고 갈 수는 없는 노릇이죠."

"좋아요. 그렇다면 어쩔 수 없죠."

한참을 헤맸던 모양인지, 마르코는 차에 앉자마자 스르르 잠이 들었다.

폴의 자동차는 어느덧 루디의 집에 도착했다.

"마르코! 마르코! 집에 다 왔어. 어서 일어나."

그러나 차에서 잠이 든 마르코는 좀처럼 깨어나지 않았다. 덕분에 루디와 폴은 마르코를 침대에 누이기 위해 진땀을 빼야만 했다.

"이제 어쩔 거예요?"

"어쩌다뇨?"

"마르코 말이에요. 아동국에서 알면 와서 데려갈 거예요."

"그럼 마르코랑 도망쳐야지요. 영화에 나오는 똑똑한 도망자처럼, 철저히 경찰을 농락해줄 거예요. 이미 옷차림도 생각해뒀어요. 체크수트에 검은 오버코트를 입고 회색 중절모도 쓸 거예요. 어때요? 끝내주지 않나요?"

• •

폴은 걱정스런 표정으로 말했지만 루디는 해맑은 미소로 답했다. 어쩜 저리도 용감할 수 있을까, 폴은 그런 루디가 새삼 부럽단 생각마저 들었다.

어느덧, 시간은 자정을 훌쩍 넘기고 있었다. 하지만 폴은 루디의 집을 떠나지 않았다. 루디와 마르코를 그대로 내버려둘 수 없기 때문이다. 아니, 루디와 함께 밤을 보내고 싶었다. 루디와 나란히 침대 위에 누워, 폴은 문득 말했다.

"당신은 정말 멋진 사람이에요."

"칭찬 좀 그만해요. 쑥스럽잖아요."

"칭찬받는 게 싫어요?"

"아니요. 계속 해줘요. 밤새도록 멋지다고 말해줘요."

루디는 수줍은 듯, 폴의 품속으로 얼굴을 묻었다. 폴은 그런 루디를 품에 안고 그의 머리칼을 매만져주었다. 루디는 그런 폴의 손길이 좋았다. 폴의 품속에서 루디는 스르르 잠이 들었다. 이내 폴도 깊은 잠에 빠져들었다.

햇살이 창문을 통해 집 안으로 쏟아져들어왔다. 눈이 부신 듯, 루디는 얼굴을 찌푸리다 이내 잠에서 깼다. 어느덧 아침이 찾아온 것이었다.

폴은 여전히 깊은 잠에 빠져 있었다. 그제야 루디는 지난밤, 길거리에서 마르코를 데려왔던 일을 떠올렸다.

"마르코?"

루디는 화들짝 놀라 주위를 둘러보았다. 마르코는 언제 일어났는지 창가 옆 테이블 앞에 앉아 있었다. 마르코는 침대 위에 루디와 폴이 나란히 있는 광경이 이상한 듯, 고개를 갸웃거렸다.

"잘 잤니, 마르코?"

루디는 멋쩍은 듯 마르코에게 손인사를 건넸다. 그러나 별다른 반응을 보이지 않는 마르코였다. 시간을 보니 결코 이른 시간은 아니었다. 루디는 자고 있는 폴의 몸을 흔들었다.

"폴, 아무래도 일어나야 할 것 같아요."

"이런, 지금이 몇 시죠?"

"8시 반이에요."

"어? 이런!"

놀란 폴은 벌떡 자리에서 일어났다. 그리고 허겁지겁 옷을 챙겨입기 시작했다. 루디는 그런 폴의 뒤를 졸졸 따라다니며 물었다.

"아침 먹고 갈 시간은 돼요?"

"이미 늦었어요. 오늘 아침에 중요한 회의가 있는데, 지각이라니."

"그럼 점심은?"

"선약이 있어요."

"저녁은요?"

그건 마치 아내가 남편을 졸졸 따라다니며 하는 질문 같았다.

"미안해요. 나 진짜 늦었어요. 전화번호 알려주면 내가 이따 전화할게요."

"난 전화가 없어요."

"그럼 사무실로 전화해요."

"이번엔 받을 거예요?"

현관문으로 향하던 루디의 발걸음이 갑자기 멈추었다. 폴은 대답 대신, 루디의 입가에 입맞춤을 해주었다. 루디는 그런 폴의 허리를 꼭 감싸안았다.

"가지 마요."

"미안해요. 진짜 오늘 중요한 회의가 있어요."

"그럼 이따 전화할게요."

"그래요. 기다릴게요."

이내 폴은 현관문 밖으로 사라졌다. 무언가 후다닥 지나간 듯한 느낌에 허탈한 마음이 들었다. 남편을 출근시킨 아내의 심정이 이런 걸까? 루디의 입가에는 공연히 미소가 머금어졌다. 모처럼 느껴보는 편안한 행복이었다.

"나, 배고파요."

마르코가 나지막이 말했다. 남편을 출근시켰으니, 이제 아이의 아침을 챙겨야 했다. 루디는 냉장고를 주섬주섬 뒤져보았다.

"가만 있자, 아침 식사로 뭐가 적당할까?"

그러나 아이의 아침식사로 무엇이 적당할지, 루디는 도통 감을 잡지 못했다.

"마르코, 넌 뭐가 먹고 싶니?"

"도넛요."

루디의 질문에, 마르코는 주저하지 않고 대답했다. 마르코가 이렇게 단번에 대답하는 모습을 루디는 본 적이 없었다. 하지만 아무리 초보 엄마라고 해도, 아이의 식사로 도넛이 적당하지 않다는 것쯤은 루디도 잘 알고 있었다.

"도넛은 독이란다, 마르코. 먹으면 살찌고 여드름만 나거든. 혹시 땅콩버터 좋아하니?"

그러나 마르코는 맘에 들지 않는 듯, 고개를 가로저었다. 아무 생각이 없는 것 같아도, 마르코는 싫고 좋은 것이 분명했다.

"그렇다면 크래커가 좋겠군. 옳거니, 여기 치즈도 있었네. 치즈랑 크래커랑 함께 먹으면 아침식사로 딱이지. 프랑스에서는 이렇게 아침을 먹는단다."

루디는 마르코 앞에 치즈와 크래커를 내놓았다. 마르코는 머뭇거리다가, 크래커를 한입 베어물었다. 하지만 성에 차지 않는 듯 얼굴을 잔뜩 찌푸렸다.

"편식을 하면 못써요. 골고루 잘 먹어야지."

사랑하는 남자와 아이, 이렇게 셋이서 오순도순 살면 얼마나 좋을까, 루디는 생각했다. 그러나 그 평범한 일상이, 아직 루디에게는 막연한 꿈과 같았다.

"이봐, 문 열어. 오늘은 꼭 받아야겠어. 돈을 내든가, 아니면 나가."

고요했던 평화를 깨고, 별안간 문을 두드리는 소리가 들려왔다. 집주인이 집세를 받기 위해 어김없이 찾아온 것이었다.

'도리가 없군.'

루디는 침대 밑에 숨겨놓았던 돈뭉치를 꺼냈다. 언젠가 데모 테이프를 만들 녹음기를 사기 위해 조금씩 모아둔 돈이었다. 아무리 급해도 이 돈만은 쓰지 않겠노라 다짐했지만, 이제는 정말 도리가 없었다. 어쩌면 이 집에서 계속 마르코와 살아야 할지도 몰랐기 때문이다.

겨우 얼굴이 보일 정도로 문을 열고, 루디는 문틈으로 돈을 내밀었다.

"여기요. 내가 오늘 낸다고 했죠?"

"웬일이야. 단번에 돈을 내고?"

"무슨 소리예요. 벌써 7일이나 지났는걸요."

"그런가……?"

루디가 선뜻 집세를 내는 것이 집주인에게는 이상하게 보였던 모양이다. 집주인은 고개를 갸웃거리며 좀처럼 떠날 생각을 하지 않았다.

"뭔가 수상해. 여자라도 데려왔나? 아, 여자가 아니고 남자 겠군."

"돈 받았으면 어서 가시죠."

"알았어. 알았다고."

루디는 집주인의 등을 떠밀었다. 그런데 하필이면 그때, 마르코가 소리를 내며 기침을 하고 말았다. 집주인은 단번에 마르코가 있음을 알아챘다.

"왜 저 아이가 여기 있는 거야?"

"아침 먹으러 온 거예요. 신경 쓰지 말아요."

"아동국에서도 알아?"

"몰라요. 알릴 생각도 없고요. 자, 이제 그만 가시죠."

루디는 겨우 집주인을 문밖으로 내몰았다. 문을 단단히 걸어 잠그고, 문에 달린 렌즈로 힐끔 밖을 내다보니, 집주인이 수상하다는 듯, 고개를 절레절레 흔드는 모습이 보였다. 루디는 다

● ●

급한 마음이 들었다.

　만약 이 사실을 아동국에서 알게 된다면, 마르코는 꼼짝 없이 다시 위탁가정으로 가게 될 것이다. 행복을 지키기 위해서는 치러야 할 대가도, 해야 할 일도 많다는 것을 루디는 새삼 깨달았다.

손님

아침 햇볕이 고스란히 쏟아져들어오는 사무실에 나타난 선배 검사 윌슨의 모습은 폴을 긴장하게 만들었다. 윌슨은 고지식하고 융통성이 없는 데다 집요하기까지 한 사람이다. 그런 윌슨이 아침부터 아무 이유도 없이 폴의 사무실로 찾아왔을 리는 없었다.

"이보게, 폴. 어제 재미있는 손님이 찾아오셨다며?"

"손님이라뇨?"

"왜 이러시나? 어제 아주 시끄러웠다던데."

"아, 손님이 아니라 사촌이에요. 양육권 싸움 중이라며 도와

달라고 왔어요."

폴은 적당히 둘러대며 말했다. 하지만 윌슨은 결코 호락호락한 상대가 아니었다. 윌슨은 고개를 갸웃거리며 되물었다.

"자네 가족은 모두 워싱턴에 산다고 하지 않았던가?"

"워싱턴에 사는 사람이 잠깐 이곳에 옮겨와 살면 안 되는 건가요?"

"그렇긴 하지만. 뭔가 이상하지 않나?"

"선배님, 지금 저 취조하시는 건가요?"

"아니, 뭘 그렇게 까칠하게 구시나? 그냥 하는 얘기라네."

윌슨은 의심스런 눈초리를 좀처럼 거두지 않았다. 그런데 그때, 사무실 문이 열리고, 모니카가 모습을 드러냈다.

"검사님, 도나텔로란 분이 전화를 하셨어요."

"아, 그래……."

"잠깐 기다리시라고 했어요."

"잘했어……."

도둑이 제 발 저리듯, 폴의 목덜미에서는 공연히 식은땀이 흘러내렸다. 만약 모니카가 계속 말을 걸어주지 않았다면, 폴은 윌슨에게 불안한 표정을 들켜버렸을지도 몰랐다.

"검사님, 저는 지금 점심 먹으러 갈 건데 뭐라도 사다 드릴까요? 아님 같이 가셔도 좋은데."

"아니, 괜찮아. 오늘 점심은 굶으려고. 아침부터 속이 좋지 않아서."

"아, 그럼 어쩔 수 없죠."

폴은 모니카를 내내 무뚝뚝한 표정으로 대했다. 그 모습을 본 윌슨은 계속해서 의심스런 눈초리를 보내왔다. 모니카가 문을 닫고 나가자마자, 윌슨은 씩 웃으며 말했다.

"이런 난봉꾼. 저 사람이랑 자네랑 그렇고 그런 사이란 이야기는 없었잖아."

"무슨 소리예요?"

"내 눈을 속이려 드나? 모니카를 대하는 자네 태도가 참 어색하더군. 하지만 걱정 말게. 내 입은 무거우니까."

꼼짝 없이 폴은 모니카와의 사이를 의심받게 되었다. 그러나 폴은 차라리 그 편이 낫다는 생각을 했다. 윌슨이 나가자, 폴은 문밖을 살핀 뒤, 조심스레 수화기를 집어들었다.

"다행이에요. 전화를 안 받으면 어쩌나 걱정했어요."

"받는다고 했잖아요. 그런데 무슨 일이에요?"

"문제가 생겼어요. 집주인이 마르코를 봤어요. 분명 신고할 거예요."

전화 저쪽에서 들려오는 루디의 목소리는 매우 떨리고 있었다. 하지만 폴은 침착했다. 예상하던 일이었기 때문이다.

"침착해요. 지금 어디예요?"

"밖에 나와 있어요."

"그럼 방법을 찾을 때까진 집에 가지 말아요."

"알았어요. 그리고 보니까 지난번 말했던 것처럼 정말 도망자 신세가 되어버렸네요. 아직 체크수트와 검은 오버코트는 준비하지 못했는데."

전화기 속, 루디의 농담에 폴은 따라 웃을 수 없었다.

"그런 말은 일러요. 아까 내가 좀 알아봤는데 방법이 있을지도 몰라요."

"정말요? 그게 뭐예요?"

"자세한 건 만나서 이야기해요. 오늘 우리 집에서 저녁 먹지 않을래요? 6시에, 헤븐 허스트 1245번지로, 어때요?"

"오, 이건 정말 기대 안 했는데."

"올 거죠?"

폴의 말에 루디는 순간 대답을 망설였다. 그리고 나지막이 말했다.

"고려해보죠."

하지만 그 말은 거짓이었다. 폴의 초대는 루디의 마음을 설레게 만들었다.

"올 거죠? 기다리겠습니다."

· ·

폴이 다시 물었지만 루디는 아무 말도 하지 못한 채 전화기를 놓았다. 그들에게 이미 사랑은 찾아왔고, 그 사랑은 소리 없이 그들을 덮치고 있었다.

초콜렛 도넛

아직 시간이 남았는데도, 루디는 마르코와 함께 폴의 집 앞을 서성였다. 그것은 설레는 기다림이었다. 그리고 약속한 6시가 되자, 루디는 시치미를 뚝 떼고 폴의 집 현관문을 두드렸다.

"어서 와요. 와줄 거라고 믿었어요."

폴은 환한 미소로 루디와 마르코를 맞이했다. 벌써 식탁 위에는 정성스럽게 마련한 음식이 한껏 차려져 있었다. 남자 혼자이런 음식을 준비하다니, 루디는 적잖이 감격한 표정이었다.

"어머니한테 배운 특제 라자냐예요."

"음, 맛있네요. 정말 음식 솜씨가 좋아요."

루디는 폴의 라자냐가 입에 맞는 듯했다. 그러나 마르코는 그렇지 않았다. 마르코는 음식은 입에 대지 않고, 포크로 라자냐를 뒤적였다.

"음식이 입에 맞지 않니? 라자냐 안 좋아해?"

"……."

"그럼 뭐 좋아해?"

"도넛요."

폴이 묻자, 마르코는 주저하지 않고 말했다. 폴은 마침 잘되었다는 듯, 찬장에서 도넛 상자를 내왔다.

"오늘 운이 좋구나. 마침 사다놓은 도넛이 있으니 말이다."

도넛을 보고 마르코의 표정이 환하게 변했다. 그러나 루디는 못마땅한 표정을 지었다.

"끼니로 도넛을 먹으면 건강에 안 좋아요."

"매일 먹는 것도 아니고 가끔은 괜찮잖아요. 마르코, 혹시 초콜렛 좋아하니?"

폴은 초콜렛 도넛을 집어 마르코에게 내밀었다. 하지만 마르코는 선뜻 폴이 내민 도넛을 받지 않았다. 마르코는 힐끔 루디를 바라봤다.

"먹고 싶으면 먹어."

루디는 어쩔 수 없다는 듯 고개를 끄덕이며 말했다. 그제야 마르코는 도넛을 받아들고 한 입 베어물었다. 초콜렛 도넛을 먹으며, 마르코는 세상을 다 가진 듯한 환한 미소를 지어 보였다. 아무래도 마르코는 세상에서 초콜렛 도넛을 가장 좋아하는 모양이었다.

'초콜렛 도넛······.'

루디는 마르코를 바라보며 어린 시절을 떠올렸다. 그것은 아무리 견디고 눌러도 제 압력으로 솟아오르는 분수 같았다. 칙칙했던 기억뿐이었다. 가난한 부모 밑에서의 생활이란 늘 불안했고 오로지 상처뿐이었다.

그날 밤, 루디와 마르코는 폴의 집에서 머물기로 했다. 집으로 돌아갔다가는 분명 아동국직원들이 마르코를 다시 붙잡아 갈 것이었기 때문이다. 루디는 마르코를 침대에 누이고, 이불을 덮어주었다. 그리고 침대 아래에 앉아, 마르코보다 낮은 눈높이에서 눈을 맞추어주었다.

"잘 자렴. 잠들 때까지 곁에 있어줄게."

"엄마가 돌아올까요?"

마르코가 물었다. 루디는 씁쓸한 표정을 지으며 고개를 가로저었다.

"아니, 지금은 아니야."

"아저씨랑 있어도 돼요?"

"글쎄."

마르코의 질문에 루디는 선뜻 답하지 못했다. 마르코에게 확실하지 않은 대답을 해주고 싶지는 않았기 때문이다. 루디가 미안한 표정을 감추지 못하자, 마르코가 말을 돌렸다.

"이야기 하나 해줄래요?"

"이야기?"

"네."

루디는 주위를 두리번거렸다. 그러나 마땅히 읽어줄 책이 보이지 않았다.

"이런, 지어낸 얘기도 괜찮아?"

"네."

"어떤 이야기 해줄까?"

"해피엔딩이 좋아요."

"그래, 옛날 옛적에 유명한 꼬마 마법사가 살고 있었어. 아주 행복한 아이였지. 엄마랑 아빠도 있고 심술궂은 여동생 롤라벨도 있었어."

"이름이 뭐예요?"

"누구?"

"꼬마 마법사요."

"당연히 마르코지."

··

마르코는 자신이 이야기의 주인공이 된 것이 좋았던 모양이다. 어느새 잠든 마르코의 입가에는 미소가 한가득 머금어져 있었다. 아마도 마르코는 해피엔딩을 꿈꾸고 있을지도 몰랐다. 루디는 그런 마르코의 이마에 입맞춤을 해주었다. 방에 불을 끄고, 행여나 마르코가 다시 깰까, 조심스레 방에서 나왔다.

폴은 홀로 거실 테이블에 앉아, 와인 한 잔을 말끔히 비워놓고 있었다. 루디가 마주앉자, 폴은 루디의 앞에 놓인 잔에 말없이 와인을 채웠다. 그리고 조심스레 말을 꺼냈다.

"마르코를 데리고 있을 생각이죠?"

"네."

"쉽지 않은 길이에요."

"쉽지 않은 건 알아요."

"게다가 마르코를 데리고 있는 것은 위법이에요. 법을 어겨서는 안 돼요."

폴의 말에 루디의 표정이 굳어졌다. 루디는 폴이 무언가 묘안을 말해주길 기대했던 모양이었다.

"그렇다고 애를 그냥 넘겨요? 좋아서 약쟁이 부모를 만난 것도 아니고 좋아서 남과 다르게 태어난 것도 아니잖아요. 저 아이 혼자 고통받아야 할 이유가 없어요. 자기 잘못도 아닌데, 안 그래요?"

루디는 좀처럼 흥분을 가라앉히지 못했다. 폴은 그만하면 되었다는 듯, 고개를 끄덕였다.

"그렇다면 방법은 하나뿐이네요."

"그게 무슨 뜻이에요?"

"방법이 있어요. 적법하게 마르코를 데리고 있을 수 있는 방법 말이에요."

"그러니까 그게 무슨 뜻이냐고요?"

루디는 답답하다는 듯 되물었다. 폴은 그런 루디가 사랑스럽다는 듯 그의 입가에 입을 맞추었다. 그리고 말했다.

"정식으로 임시 양육권을 얻으면 돼요. 아이 엄마의 동의를 받으면 불가능한 일도 아니죠."

폴의 말을 들은 루디는 희망에 부풀었다. 어느새 폴은 루디의 애인이었고, 보호자였으며 매니저였다.

• 양육권

마약투약 혐의로 투옥되어 있는 마르코의 어머니 마리아나는 갑작스럽게 찾아온 면회인이 다름 아닌 루디란 사실을 알고, 적잖이 놀란 듯했다. 특히 동성애자인 루디를 썩 좋아하지 않는 터라 더욱 그랬다.

"그쪽이 날 찾아오다니, 무슨 일이에요?"

"당신이 체포되고 마르코는 위탁가정에 보내졌어요."

"애는 괜찮아요?"

루디의 말을 듣고, 마리아나는 짐짓 놀란 표정을 지었다.

"네, 괜찮아요. 지금은 우리와 함께 있어요."

••

"다행이네요. 그런데 그 이야기를 전하러 온 건 아니겠죠?
할 말이 뭐예요?"

마리아나는 불쾌감을 애써 감추지 않고, 통명스럽게 말했다.
그런 그녀에게 루디는 선뜻 말하지 못하고 망설였다.

"그러니까 그게……."

루디가 말을 머뭇거리자, 루디의 뒤에 서 있던 폴이 나섰다.

"지금 부모가 곁에 없는 마르코에게 법적 후견인을 지정한
게 아니라면 정부가 양육권을 갖게 됩니다."

"댁은 누구예요?"

"이분은 검사이자 내 친구예요."

루디는 어깨를 으쓱거리며 폴을 소개했다. 그러나 마리아나
는 폴에게도 경멸스런 눈빛을 보낼 뿐이었다.

"친구? 요즘 게이들은 서로를 그렇게 불러요?"

루디의 마음속에 분노의 감정이 불같이 솟아올랐지만 일단
은 참았다. 그런 루디의 마음을 읽기라도 한 듯 폴이 말했다.

"그거야 마음대로 생각하십시오. 하지만 그보다 먼저 서명해 주실 서류들이 있습니다. 이것 좀 봐주세요."

"무슨 내용인데요?"

"여기에 있는 루디가 양육권을 잠정 행사하고 당신이 출소 후에 양육권 반환 청구를 하는 거죠."

"어렵게 말하지 말고 쉬운 말로 해봐요."

"당신 출소할 때까지 루디가 애를 돌봐주겠다는 말입니다."

그제야 마리아나는 알아들었다는 듯 고개를 끄덕였다.

"얼마 줘야 돼요? 알다시피 내겐 돈이 많지 않아요."

"안 줘도 돼요."

"뭐라고요?"

"안 줘도 된다고요."

"한 푼도요?"

마리아나는 귀가 의심스럽다는 듯, 재차 물었다. 곁에서 지켜 보던 루디는 답답하다는 듯 말을 거들었다.

"그래요. 내가 당신 아들을 돌봐줄게요. 어떤 대가를 바라는 것이 결코 아니에요. 그냥 단지 마르코가 가여워서……. 그리고 여기 있는 폴도 도울 거예요. 아까 말한 바와 같이 우린 친구니까요."

마리아나는 잠시 생각에 잠겼다. 루디가 대체 왜 이런 호의를 베풀려 하는지 도통 이해가 되지 않았기 때문이다. 하지만 설사 어떤 의도가 있더라도, 루디의 제안은 자기에게 손해가 될 것이 없어보였다. 마리아나는 폴이 내민 서류에 자신의 이름을 적어 넣었다.

법정으로 향하는 내내 루디는 마르코와 함께 살 수 있다는 생각에 한껏 들떠 있었다. 그런데 폴은 뭔가 꺼림칙한 것이 있는 모양이었다. 폴은 잠시 걸음을 멈추고, 루디에게 말했다.

"심리에 들어가기 전에 분명히 해두어야 할 것이 있어요."

"뭔데요?"

"지금 루디의 집에서 마르코와 함께 산다고 했다가는 판사가 거부할 거예요. 아이를 키우려면 안전한 환경이 보장되어야 하거든요. 아이를 위한 침실도 있어야 하고요."

"하긴 지금 사는 집이 아이를 키우기에 적당하다고 말할 순 없겠지요."

들떴던 루디의 표정은 이내 시무룩해지고 말았다. 폴은 그런 루디에게 뜻밖의 말을 건넸다.

"궁전처럼 화려하진 않지만 우리 집 정도면 괜찮겠죠?"

"그게 무슨 말이죠?"

"판사에게 우리 집에서 함께 산다고 말해보는 게 어떨까 해서요."

"설마 지금 동거하자는 이야기예요?"

"아뇨, 법적 조건을 충족하잔 소리예요."

"그러니까 그게 그 소리잖아요."

"아니요. 그게 아니라……."

• •

폴은 말끝을 흐렸다. 루디는 기쁜 나머지, 폴에게 와락 안겼다. 폴은 화들짝 놀라, 루디를 품에서 떼어냈다.

"한 가지 더, 이건 명심해야 합니다."

"그게 뭔데요?"

"절대 우리의 관계를 사실대로 말해서는 안 돼요. 아무리 친모의 동의가 있더라도, 판사는 동성애 커플에게 아이를 맡아 키우도록 하진 않을 거예요."

폴의 말에 루디는 무슨 말인지 알아들었다는 듯, 고개를 끄덕였다. 그러면서 폴의 엉덩이를 덥석 움켜쥐었다. 폴은 행여나 누가 볼까, 루디의 손을 재빨리 쳐냈다. 재판정으로 들어가는 두 사람의 발걸음은 가볍기만 했다.

"판사님이 오십니다. 전원 기립해주세요."

정확한 시간에, 메이어슨 판사가 법정 안으로 들어섰다. 루디는 메이어슨 판사가 중년 여성인 것을 보고 안도하는 눈치였다. 여자이기에 진정 아이를 위한 길이 무엇인지 알아줄 것 같았기 때문이다.

마침내 심리가 시작되자, 폴은 검사가 아닌 변호사로서 메이어슨 판사 앞으로 나가 논리 정연한 말투로 말했다.

"판사님, 마르코의 모친은 최근 마약투약 혐의로 투옥되었으며 친지가 없어 따로 아이를 돌볼 사람이 없습니다. 이에 마르코의 양육권을 도나텔로 씨에게 잠정 양도하고자 합니다. 여기임시 양육권을 허락한 마르코 모친의 서명도 첨부했습니다."

"아동 교육 계획은 준비됐습니까?"

"네, 판사님. 인근에 특수 교육 학교를 알아놨습니다."

"좋아요. 그런데 도나텔로 씨는 부인이 있으신가요?"

메이어슨 판사의 질문에 폴은 잠시 말을 머뭇거렸다. 그러자루디가 장난스런 표정으로 답했다.

"여기 있습니다."

"네? 그게 무슨 말이죠?"

그 순간, 폴의 목덜미에서는 식은땀이 흘렀다. 판사가 루디와 폴의 관계를 안다면, 루디에게 마르코의 양육권을 줄 리가 없었기 때문이다. 폴은 급히 수습하며 말했다.

"현재 미혼이라는 뜻입니다. 하지만 캘리포니아 주법 143조 89항에 따르면, 신청자의 결혼 여부는 잠정 양육권 자격과 전혀 무관합니다."

"변호인의 법 지식을 물은 게 아닙니다. 단순한 질문이니 진정하세요."

"알겠습니다."

"변호인은 도나텔로 씨와 함께 사신다는데 맞습니까?"

"그렇습니다."

"어떤 관계인지 물어봐도 될까요?"

"그는 제 사촌입니다."

메이어슨 판사의 질문에 폴은 주저하지 않고 답했다. 루디는 어쩔 수 없었지만 진실을 이야기하지 않는 폴이 못마땅한 듯, 인상을 썼다.

"좋습니다. 루디 도나텔로 씨가 신청한 임시 양육권 신청을 허락합니다."

메이어슨 판사는 판사봉을 내리치며 말했다. 루디는 너무 기쁜 나머지 환호성을 내질렀다. 그리고 폴에게 달려와 덥석 안겼다. 놀란 폴이 루디를 밀쳐내려 했지만, 좀처럼 루디는 폴을 놔주지 않았다. 폴은 힐끔 메이어슨 판사의 표정을 살폈다. 판사는 의심스러운 눈초리로 두 사람을 바라보고 있었다.

"좋아서 그래요. 사촌이 아이를 너무나 좋아해서 말입니다."

폴의 목덜미에서는 좀처럼 식은땀이 마를 줄을 몰랐다. 하지만 매사에 당당한 루디가 싫지는 않았다. 출중한 외모만으로도 이목을 집중시키기에는 충분했지만, 그가 사람들의 시선을 자신에게 묶어놓는 가장 큰 이유는 바로 그의 거리낌 없는 태도였다. 자기 자신에 대해 너무나도 당당한 루디. 그런 루디의 당당함이 폴을 자꾸 당황하게 만들었다.

폴의 목덜미에서는 여전히 식은땀이 나고 있었다.

··

하모니

　인생에 있어서 사랑만큼 사람에게 큰 영향을 미치는 것도 없을 것이다. 조금 모자란 부분은 서로 채워주고 넘치는 부분은 나누어주는 것이 사랑임을 루디는 폴을 통해 절실하게 느끼고 있었다. 폴의 사랑과 따뜻한 배려 속에서 루디와 마르코는 행복했다.

　"이게 정말 내 방이에요?"

　폴의 집에 있는 몇 개의 방 중 하나가 마르코를 위한 방으로 꾸며졌다. 폴은 마르코를 위해 로봇과 테디베어 그리고 마르코를 닮은 돼지 인형도 방 안에 마련해놓았다. 마르코는 눈

앞에 펼쳐진 광경이 도저히 믿기지 않는 듯, 한동안 말을 잇지 못했다.

"당연하지. 여기는 네 방이고, 이곳이 너의 집이란다. 앞으로 마르코는 이곳에서 우리와 함께 살게 될 거야."

마르코는 여전히 그 사실이 믿기지 않는 눈치였다.

"정말 이게 내 방이라는 거예요?"

"그렇다니까, 마르코. 네 방이야."

여태껏 마르코는 자기 방을 가져본 적이 없었다. 어느새 마르코의 눈가에 촉촉한 눈물이 맺혔다. 루디는 마르코의 눈물을 닦아주고, 꼭 안아주었다.

"울지 마. 왜 울고 그래?"

"너무 신나서요."

"신나는 건 좋은 거잖아. 이럴 때는 우는 게 아니라 웃는 거란다. 알았지?"

마르코는 얼른 눈물을 멈추고, 환하게 미소를 지었다. 결손

가정에서 태어나 늘 외롭게만 자라온 마르코에게도 어느덧 사랑이 번지고 있었다.

그날 밤 잠자리에 들기 전, 루디는 폴에게 말했다.

"저에게 소원이 하나 생겼어요."

"무슨 소원이죠?"

"마르코가 우리와 살면서 슬프지 않았으면 좋겠어요. 오늘처럼 얼굴에 언제나 미소가 가득했으면 좋겠어요."

폴은 그런 루디의 소원을 이루어주고 싶었다.

아침이 되자, 폴은 나갈 채비를 서둘렀다.

"루디, 서둘러요. 마르코도 서두르렴."

"대체 어딜 가려고 그래요?"

"마르코의 얼굴에 내내 미소가 가득했으면 좋겠다면서요? 건강하지 않으면 웃을 수 없다는 거 알죠?"

"네? 그게 무슨 소리예요?"

"어서 나와요. 가보면 알게 될 거예요."

폴이 루디와 마르코를 데리고 향한 곳은 인근에 있는 종합 병원이었다. 폴은 다운증후군을 앓고 있는 마르코의 건강이 걱정되었던 것이다.

"폴! 정말 고마워요."

"고맙긴요. 이제 우린 가족이라는 것을 잊은 거예요?"

비록 동성 커플이었지만 그들은 완벽한 하모니를 이루고 있었다. 늘 달달한 눈웃음으로 폴을 자극하던 루디도 마르코가 검진을 마칠 때까지, 내내 초조한 모습으로 병원 복도에 있는 벤치를 지켰다.

'제발 마르코가 건강하길……'

폴과 루디 두 사람은 서로의 손을 잡고 기도했다. 그러나 잠시 후 알게 된 검진 결과에 두 사람은 더 이상 웃을 수 없었다.

"소화 장애도 있고 백혈병에 걸릴 확률도 큽니다. 갑상선에도 문제가 있네요. 게다가 시력도 좋지 못합니다."

마르코의 몸은 어디 하나 성한 곳이 없는 듯했다. 루디는 긴

한숨을 내쉬었다. 마르코의 검진을 맡은 의사마저도 고개를 떨어뜨리며 말했다. 의사는 걱정이 되었는지 한마디 말을 덧붙였다.

"다운증후군 아동을 키우기 위해서는 헌신이 필요합니다. 앞으로 나이를 먹어도, 이 아이는 이 모습 그대로일 겁니다. 남들처럼 대학을 가거나 취업을 한다거나 혹은 결혼을 한다거나 하는 건 기대할 수 없어요. 늘 곁에서 보살펴주어야 하고 사랑으로 감싸주어야만 합니다."

절망적인 검진 결과에 적잖이 충격을 받은 듯, 루디와 폴은 한동안 말을 잇지 못했다. 그러나 이미 각오했던 일이다.

"다 알고 시작한 일입니다. 우리는 이 아이가 어른스러워지기를 기대하지 않아요. 다만 지금과 같이 해맑게 웃기만을 소원할 뿐이에요."

"좋습니다. 그렇게 말씀해주시니 저도 안심이 되는군요."

병원에서 돌아오는 차 안에서, 폴은 뭔가 결심한 듯 마르코에게 말했다.

"마르코, 당분간 도넛은 절대 안 된다. 초콜렛 도넛은 특히."

영문을 모르는 마르코의 표정이 금방 울상이 되었다. 그 모습을 보고 루디는 고소하다는 듯, 크게 웃어댔다.

"네 건강을 위해서야. 알았지, 마르코?"

"네."

폴과 루디는 이 행복을 지키기 위해 앞으로 해나가야 할 것이 아주 많다는 것을 깨달았다.

판사 앞에서 약속한 대로, 루디와 폴은 마르코를 데리고 인근 특수학교를 찾았다. 다행히 앞으로 마르코를 돌보아줄 특수학교 교사 플레밍은 신념 있는 교사인 듯했다.

"안녕, 네가 마르코구나. 난 플레밍 선생님이야. 반가워."

"……."

플레밍 선생님은 마르코에게 손을 내밀며 말했다. 마르코는 쑥스러운 듯, 이내 루디의 등 뒤로 숨어들었다. 하지만 플레밍 선생님은 마르코와 같은 장애아를 어찌 대해야 하는지 잘 알고 있었다.

"마르코, 인형이 참 예쁘구나. 그 친구의 이름은 뭐니?"

플레밍 선생님이 마르코가 안고 있는 인형에 관심을 보이자, 마르코도 서서히 경계를 풀기 시작했다.

"애쉴리요."

"애쉴리? 참 예쁜 이름이구나."

"고마워요."

"우린 좋은 친구가 될 것 같은데, 마르코도 그렇지?"

마르코는 고개를 끄덕였다. 플레밍 선생님은 인자한 얼굴로 웃으며, 루디와 폴에게 말했다.

"이제부터 마르코는 제가 맡을게요. 두 분은 이만 돌아가주세요."

"좀 더 지켜보면 안 될까요? 마르코가 친구들과 잘 어울리는지 확인하고도 싶고, 또 학교에서는 어떻게 행동하는지 보고 싶기도 해서요."

루디는 사람들과 잘 어울리지 못하는 마르코를 보아온 터라 걱정스런 표정으로 말했다. 그러나 플레밍 선생님의 생각은 단호했다.

"빨리 가주시는 게 마르코를 돕는 거예요. 계속 여기 계시면 마르코는 친구들과 더 어울리려 하지 않을 겁니다."

그렇게 말하며 선생님은 마르코를 친구들에게로 데려갔다. 루디와 폴은 아쉽지만 교실을 떠날 수밖에 없었다. 하지만 루디와 폴은 친구들과 어울리는 마르코의 모습을 꼭 보고 싶었다. 혹시라도 들킬세라, 두 사람은 조심스레 열린 문틈으로 눈을 가져다댔다. 영락없이 그들은 부모였다.

아니나 다를까 마르코는 한 아이 앞을 서성였다. 양 갈래로 딴 머리가 앙증맞은 여자 아이였다. 그러나 여자 아이는 마르코에게 관심이 없는 듯, 도통 눈길조차 주지 않았다. 마르코는 아무래도 안 되겠는지, 안고 있던 인형을 아이에게 내밀었다. 그제야 아이도 마르코에게 시선을 주었다.

"애쉴리야."

"애쉴리?"

"응, 애쉴리."

"예쁘다."

어느새 마르코는 여자 아이 옆에 바짝 다가가 앉았다. 그리고 한참을 애쉴리에 대해 이야기하는 것 같았다. 물론 무슨 이야기를 하는지, 루디와 폴은 알아들을 수 없었다.

"마르코는 잘해낼 거예요."

"물론이죠. 누구 자식인데요."

여느 엄마들처럼, 루디도 극성스럽게 자식을 사랑하는 엄마가 되어갔다. 마르코의 아침을 챙겨주고, 마르코를 학교까지 데려다주고, 마르코의 숙제를 돌보아주고, 마르코에게 책을 읽어주는 것이 루디의 일상이 되어갔다. 그들은 단단한 가족이 되어 하모니를 이루어가고 있었다.

　마르코도 점점 변해가기 시작했다. 전보다 표정은 한결 더 밝아졌고, 서툴지만 글자도 쓸 수 있게 되었다. 남들처럼 부쩍 자라진 않을 테지만, 마르코가 점점 나아지는 모습에 루디와 폴은 마냥 기쁘고 좋았다.

． ．

꿈

폴과 마르코와 함께 지내기 시작하면서 루디에게도 참 많은 변화가 찾아왔다. 폴은 남편으로서 금메달감은 족히 되는 아주 멋진 남자였다. 선천적으로 타고난 성격이 부드럽고 다정했으며 그의 따뜻한 감정 표현은 집 안의 분위기를 달달하게 했다.

"오늘도 바에 나갈 건가요?"

"당연하죠. 그 일은 제가 꿈꾸는 일이에요."

"어련하시겠어요."

폴은 루디의 의견에 반대하는 일이 별로 없었다. 늘 그를 존중해 주고, 응원했다.

폴과 마르코와 함께 살기 전, 루디는 공연에 늦는 법이 없었다. 언제나 먼저 나와 화장을 하고 율동을 연습했다. 손짓 하나하나가 연습에 의해 이루어진 것이었다. 그런 그가 마르코와 함께 살면서 곧잘 지각을 하곤 했다. 달라진 그의 모습은 동료들을 당황하게 만들기도 했다.

"늦어서 미안. 애 숙제가 쌓였는데, 폴이 늦게 퇴근해서."

"이젠 가정주부가 다 되셨네. 그럴 거면 일을 그만 두는 게 어때?"

"맞아, 게이 바에서 노래를 부르는 건 애 교육에도 좋지 않을 텐데 말이야."

조니와 비욱스는 시기 어린 눈빛으로 말했다. 하지만 루디는 결코 일을 그만 둘 생각이 없었다. 루디가 게이 바에서 여장을 하고 립싱크를 하는 것은, 언젠가 진짜 원하는 노래를 하기 위한 준비과정이었다. 루디는 어떠한 상황에서도 자신의 꿈을 잃고 싶지 않았다. 물론 폴과 함께 결혼 생활을 하면서 느낀 것 중

• •

의 하나는 남편이나 아이로 하여금, 가정이 이 세상에서 가장 편하고 안전하며 평화로운 곳이라는 것을 알게 해주는 것이었지만, 그에 못지않게 노래 역시 루디에게는 정말로 소중했다.

늦은 밤, 공연을 마친 루디는 지친 몸을 이끌고 집으로 향했다. 집안일을 하고 마르코도 돌보느라 낮에도 좀처럼 쉴 수가 없었다. 그래도 루디는 마냥 행복했다. 사랑하는 폴과 마르코가 기다리고 있다는 생각에 루디의 발걸음은 한결 가벼웠다. 힘겨운 일상이었지만, 루디는 이 행복이 영원하기를 간절히 기도했다.

"깜짝 선물."

루디가 현관문 안으로 들어서자, 폴은 기다렸다는 듯이 양손으로 루디의 두 눈을 가렸다.

"폴, 무슨 일이야?"

"얌전히 있어요. 깜짝 놀랄 만한 선물이 당신을 기다리고 있으니까."

폴과 마르코는 진작부터 루디가 오면 어떻게 행동할지 정해놓은 모양이었다. 마르코는 앞을 보지 못하는 루디의 손을 잡아주었다. 마르코가 이끄는 대로, 루디도 발걸음을 내디뎠다. 잠시 후, 폴이 가렸던 손을 치우자, 루디 앞에는 정말 깜짝 놀랄 만한 선물이 놓여 있었다.

"맙소사."

빨간 리본이 앙증맞게 달린 그것은 녹음기였다. 너무나 감격한 나머지 루디는 와락 눈물을 쏟아냈다. 그런 루디의 눈물을 닦아주며 폴은 말했다.

"이거면 당신만의 데모 테이프를 만들 수 있을 거예요. 이제 당신의 꿈을 펼칠 때예요."

"고마워요. 정말 고마워요."

루디는 폴에게 와락 안겼다. 그리고 폴의 얼굴에 키스 세례를 퍼부었다. 그 모습을 보고 마르코는 멋쩍었는지, 슬쩍 자리를 피해주었다.

• •

내게로 와요.

그대의 세상이 공허하고 차가울 때 내게로 와요.

안아줄 누군가가 필요할 때 내게로 와요.

포근하고 따뜻한 내 품으로 내게로 와요.

폭풍 속의 안식처가 될게요. 거짓말이 아니에요.

왜 아직 모르시나요. 그댈 사랑해요. 그댈 사랑해요.

그대가 필요해요. 그댈 원해요.

그래요. 그댈 사랑해요.

그대가 필요해요. 그댈 원해요. 그댈 원해요.

그래요. 그댈 사랑해요.

그댈 사랑해요. 그대가 필요해요.

그댈 원해요. 내게로 와요.

할로윈, 크리스마스, 마르코의 생일 그리고 일상, 루디와 폴
그리고 마르코와 함께한 추억들은 고스란히 녹음기 속 테이프

에 새겨졌다.

"이제 이 테이프들은 각지에 있는 레코드사와 클럽에 보내질 거야. 내 노래를 듣고 누군가 내게 연락을 해오겠지. 그러면 나도 내 목소리로 노래를 부를 수 있단다. 진짜 가수가 되는 거야."

루디는 데모 테이프들을 정성스럽게 봉투에 집어넣었다. 봉투에 넣을 때마다 루디는 테이프에 행운의 입맞춤을 했다. 그 모습이 마르코의 눈에는 이상하게 보인 모양이었다.

"왜 뽀뽀를 해요?"

"뽀뽀로 행운을 불어넣는 거야. 너도 뽀뽀해줄래?"

"네."

마르코는 기꺼이 루디의 행운을 기원해주었다. 만약 행운이 찾아온다면, 그건 마르코 덕분이라고 루디는 믿었다.

• •

파티

어느덧 마르코가 학교에 다니게 된 지도 1년이 거의 다 되어 가고 있었다. 그들은 여느 가정처럼 서로 양보하고 고마워하며 차곡차곡 정을 쌓아가고 있었다. 물론 의견 충돌이 아주 없는 것은 아니었지만 이해관계 없는 사랑으로 부족하지만 서로를 배려하고 도와주려 노력했다.

아메리카, 아메리카.
신께서 네 위에 은혜를 내리시고
너의 선함을

저 바다 끝까지 보답하시리.

루디는 교실 창문 너머에서 친구들과 함께 노래를 부르는 마르코를 보며 흐뭇한 미소를 지었다. 마르코는 친구들과도 잘 어울리며, 제법 잘해내고 있는 듯 보였다. 그러나 플레밍 선생님은 걱정되는 점이 있는 모양이었다. 플래밍 선생님은 루디를 상담실로 안내했다.

"마르코가 그린 그림이에요."

플래밍 선생님은 루디에게 마르코가 그린 그림 한 장을 보여주었다. 그림 속에서 마르코는 루디와 폴과 함께 환하게 웃고 있었다.

"잘 그렸네요. 그런데 이 그림에 무슨 문제라도?"

"마르코 말이, 여기 있는 두 사람이 모두 아빠라고 하네요."

루디는 플레밍이 무슨 말을 하는지 잘 알고 있었다. 그러나 루디는 애써 시선을 피하며 모른 척 시치미를 뚝 뗐다.

. .

"글쎄요. 그림 속 이 사람은 제가 아니에요. 저는 진한 노랑은 안 입거든요. 노란 옷을 입으면 얼굴이 죽어 보여서."

"두 분 관계가 어떻든 저는 상관이 없어요. 하지만 두 분 사이에 대한 안 좋은 소문이 돌고 있어요. 이렇게 말이 돌다가 엉뚱한 곳으로 전해지면, 정말 큰 문제가 생길 수 있어요."

"선생님! 그런 일은 없을 거예요. 걱정 마세요."

루디는 확신에 찬 어조로 말했다. 하지만 루디도 내심 불안한 마음이 들기 시작했다. 학교에서 나온 루디는 답답한 마음에 폴에게 전화를 걸었다. 그러나 폴의 목소리를 들을 수는 없었다. 폴의 빈 사무실에서는 전화 벨소리만 내내 울려퍼졌다.

폴은 모처럼 윌슨 검사와 농구를 하고 있었다. 폴은 가볍게 윌슨은 따돌리고, 레이업 슛을 성공시켰다. 윌슨은 도저히 안 되겠다는 듯 고개를 절레절레 흔들었다.

"아주 멋진 슛이었어. 정말 못 당하겠군."

"더 하실래요?"

"잠깐, 숨 좀 돌리고. 그보다 프랭클린 사건, 자네가 맡아보 겠나?"

"정말요? 열심히 해보겠습니다."

프랭클린 사건과 같은 큰 사건은, 검사로서 한 걸음 더 도약 할 수 있는 절호의 기회였다. 그러니 폴이 윌슨의 제안을 거절 할 이유는 없었다. 그런데 윌슨은 뜻밖의 말을 덧붙였다.

"명심하게. 검사는 지위가 올라가면 그에 맞는 품격도 생각 해야 한다네."

"그게 무슨 말씀이신지?"

"말이 그렇다는 거네. 그건 그렇고, 우리 집에서 파티를 열 건 데 이번 주 토요일 시간 되나?"

윌슨은 황급히 말을 돌렸다. 혹시라도 윌슨이 루디와의 사이 를 의심하는 거라면 어쩌나, 폴은 불안한 마음이 들기 시작했 다. 그러나 이럴 때일수록 침착해야 했다. 윌슨과 같은 노련한 검사에게 표정을 들켜서는 안 되었다. 폴은 태연한 척 답했다.

"가야죠."

"좋았어. 그리고 우리 마누라가 자네 그 사촌과 아이도 초대하라더군."

"네? 루디와 마르코도요?"

"그래, 내 얼굴을 봐서라도 꼭 데려오게나."

폴은 그것이 윌슨이 쳐놓은 함정이란 걸 잘 알고 있었다. 그러나 윌슨의 제안을 거절한다면 폴은 더 큰 의심을 받을 게 분명했다. 차라리 폴은 이번 기회에 윌슨의 의심에서 완전히 벗어나기로 마음먹었다.

약속된 토요일 오후, 폴은 루디, 마르코와 함께 윌슨의 집을 찾았다. 이미 파티의 분위기는 한껏 무르익고 있었다. 폴 일행이 오자, 윌슨은 엷은 미소로 일행을 맞이했다.

"어서 오게. 안 오는 줄 알고 걱정했다네."

"이렇게 초대해주셨는데, 당연히 와야죠. 이쪽은 제 사촌 루디입니다."

루디는 자기의 소개가 마음에 들지 않았는지 그만 얼굴을 찡그리고 말았다. 그 작은 변화를 윌슨은 놓치지 않았다.

"도나텔로 씨는 혹시 무슨 일을 하시나요?"

"연기자요."

"애매한 답이군요."

"얼마나 자세히 설명드려야 할까요?"

루디는 정색을 하며 말했다. 윌슨의 표정이 점점 굳어가고 있다는 걸 알아챈 사람은 오직 폴뿐이었다. 폴은 루디의 뒤춤에 숨어 있던 마르코를 사람들 앞에 세웠다.

"이 아이가 마르코예요. 귀엽죠?"

"반갑구나, 마르코. 우리 하이파이브 할까?"

윌슨의 부인이 반기며 마르코에게 손을 내밀었다. 그러나 마르코는 어색한 듯 고개를 돌렸다. 마침 그때, 모니카가 폴을 알아보고 다가왔다.

• •

"검사님, 오셨어요."

"오, 모니카도 왔네."

"그럼요. 검사님이 오시는데 제가 빠질 수는 없죠."

"그래……."

"검사님. 저기 가서 함께 이야기하지 않을래요?"

루디가 보는 앞에서, 모니카는 폴의 팔짱을 꼈다. 하지만 폴은 그런 그녀의 손길을 마다하지 않았다. 그 모습을 보고, 루디는 또다시 인상을 찌푸렸다.

파티가 계속되자, 마르코는 한결 긴장이 풀린 듯 사람들과 어울리기 시작했다. 사람들이 내미는 손에 손뼉을 맞추어주었고, 음악이 들려오자 현란한 디스코 댄스도 선보였다. 정말이지 마르코의 디스코는 일품이었다. 윌슨 부인은 물론 파티에 참석한 모든 사람들이 마르코의 매력에 흠뻑 빠져버렸다. 마르코는 신이 났는지 엉덩이까지 흔들어댔다. 그러나 루디만은 좀처럼 사람들과 어울리지 못했다. 루디는 내내 폴이 모니카와 어울리는 모습을 질투 어린 눈빛으로 지켜보았다. 그런 루디와 눈이 마주쳤지만, 그때마다 폴은 외면했다. 루디의 질투심은 점점 더 타올랐다. 노골적으로 바라보는 루디의 시선을 폴도 더 이상 외면할 수 없었다. 그는 순간 자신이 심각한 위기에 맞닥뜨린 것을 직감할 수 있었다. 마침 정원에는 아무도 없는 듯했다. 폴은 루디를 정원으로 데리고나왔다.

"대체 왜 이래요? 사람들이 오해하면 어쩌려고 그래요?"

폴의 얼굴이 사색이 되었다. 하지만 루디는 대수롭지 않다는 반응이었다.

"오해라니요? 우리의 사이가 오해였던가요?"

"그런 건 아니지만……."

"당신은 저 여자에게 죄를 짓고 있는 거예요. 저 여자가 불쌍하지도 않아요? 클라크 켄트가 총알보다 빠르고 기관차보다 세고, 빌딩도 단숨에 뛰어넘는 슈퍼맨이라는 사실을 알지 못하는 로이스 제인처럼 저 여자도 불쌍해요."

•

루디는 힘껏 비꼬는 말투로 말하고 있었지만 그의 목소리에서 곱게 조각된 크리스털 잔에 아주 가녀린 균열이 생길 때나 날 법한 작은 떨림이 전해졌다. 그런 루디의 태도에 폴도 슬슬 짜증이 나기 시작했다.

"우리 사이가 사람들에게 밝혀지면 마르코를 잃게 될 거예요. 그래도 괜찮아요?"

"그렇다면 그건 차별이에요."

"바보 같은 소리 하지 마요. 차별이 아니라 현실이에요."

루디의 목소리가 더욱 커졌다.

"루터 킹 목사가 당신 같았다면 흑인 차별은 여전했을 거예요. 세상을 바꾸고 싶다는 사람이, 왜 이렇게 비겁해요?"

"그건 상황이 다르잖아요."

"다르지 않아요. 당신은 비겁해요."

"그럼 이 파티에서 고백이라도 하라는 건가요?"

"못할 것도 없죠. 우린 사랑하니까."

"말도 안 돼."

루디도 폴도 서로의 생각을 좀처럼 굽히지 않았다. 언성은 더욱 더 높아져갔다. 루디는 금방이라도 파티장 군중 속으로 들어가 고백이라도 할 것 같은 기색이었다.

폴이 루디를 붙잡았다.

"루디! 우린……."

"역시 참아야 한다는 거죠? 숨어서 몰래 몰래 사랑을 해야 한다는 거죠?"

물론 폴의 생각도 루디와 별반 다르지 않았다. 하지만 아직도 그는 그의 사랑을 세상에 내보일 용기가 나지 않았다. 나약한 자신에게 가면을 씌우고 억지를 부리고 있는지도 모를 일이었다.

"조금만 기다립시다. 기회가 되면……."

"……."

루디의 마음속에는 쓸쓸한 바람이 불고 있었다. 주변 사람들로부터 그들의 사랑을 인정받을 수 없다는 사실이 그의 기분을 망치고 있었다. 그런 두 사람을 바라보는 한 시선이 있었다. 멀리 창가에 서서 이런 루디와 폴의 모습을 지켜보던 윌슨은 알 수 없는 미소를 지었다.

해고

    아침부터 사람들의 시선이 심상치 않았다. 지나치는 사람들은 폴을 경멸스런 눈빛으로 바라봤다. 언제나 반갑게 맞이해주던 모니카마저 폴을 외면했다. 무언가 잘못되어가고 있었다. 하지만 폴은 이대로 무너지고 싶지 않았다.

    사무실 책상 앞에 앉은 폴은 서류를 뒤적였다. 그중에, 폴은 프랭클린 사건에 관한 서류를 펼쳐들었다. 그리고 막 서류를 읽으려는데, 노크 소리도 없이 방문이 열렸다.

    "그 사건, 더 이상 자네가 신경 쓸 필요가 없네."

    "그…… 그게 무슨 말씀이세요?"

폴은 도통 영문을 모르겠다는 표정으로 되물었다. 그러자 윌슨은 어이가 없다는 듯 콧방귀를 뀌며 말했다.

"무슨 말인지 모르나? 자네는 해고되었다, 이 말일세."

"해고요……? 대체 왜요? 왜 제가 갑자기 해고가 된 거죠?"

윌슨은 대답 대신, 폴이 들고 있던 서류를 낚아챘다. 그리고 책상 위에 놓여 있던 폴의 명패마저 집어들었다.

"대답 좀 해봐요. 왜 내가 해고가 되어야 하는지!"

폴은 명패를 들고 있는 윌슨의 손목을 움켜쥐고 따져물었다. 그러자 윌슨은 혐오스럽다는 듯, 폴의 손을 뿌리치며 말했다.

"그 더러운 손, 치우지 못해? 이 호모 새끼야. 넌 우리 검찰의 수치야."

더 이상의 대꾸도, 더 이상의 변명도 할 수 없었다. 폴은 그 자리에서 철퍼덕 주저앉고 말았다. 10여 년을 노력해 이룬 성과가 단 하루 만에 무너지는 순간이었다. 그러나 그것은 비극의 전조에 불과했다.

여느 때처럼, 루디는 마르코의 숙제를 돌봐주고 있었다. 그런데 별안간 문이 열리면서, 사람들이 들이닥쳤다.

"오늘부터 이 아이는 다시 우리 아동복지국의 보호를 받게 될 겁니다."

"아니, 그게 무슨 말씀이세요? 법원으로부터 난 이 아이의 임시 양육권을 허가 받았어요. 몰라요?"

"법원이 그 임시 양육권을 취소했습니다. 더 이상 방해하면 공무 집행 방해죄로 구치소 신세를 질 수 있습니다."

마르코가 싫다며 발버둥 쳤지만 소용이 없었다. 그들은 애초부터 아이의 의사 따위엔 관심이 없는 듯했다. 아이의 의견도 묻지 않은 채, 그들은 마르코를 차에 태웠다.

"당신들 뭐야. 무슨 권리로 마르코를 데려가는 거야!"

루디가 울부짖으며 뛰쳐나왔다. 그러자 경찰들이 루디의 앞을 가로막았다. 루디에게는 마르코를 지킬 힘이 없었다. 루디는 또다시 마르코가 떠나가는 모습을 무기력하게 지켜봐야만 했다.

현실은 짐작했던 것보다 더욱 냉혹했다. 폴은 직장을 잃었고, 루디는 구치소 신세까지 졌다. 냉혹한 현실 앞에서 언제나 자신만만했던 폴마저도 낙담하기 시작했다. 그런 폴을 루디는 다그치며 말했다.

"지금 이러고 있을 때가 아니에요. 마르코는 지금 우리를 애타게 찾으며 울고 있을 거예요. 우리 아들을 어서 되찾아와야만 해요."

"그 아이는 우리 아들이 아니에요. 양육권을 준 사람도 판사고, 양육권을 빼앗아간 사람도 판사예요."

"그딴 엉터리 판사 말은 꺼내지도 말아요."

"판사도 꺼지고 나도 꺼질까요? 나도 오늘 해고당해서 기분 최악이에요."

폴은 울컥하며 말했다. 그러나 루디는 눈 하나 깜짝하지 않았다.

"듣던 중 반가운 소리네요."

"반가운 소리?"

"그래요. 이제 더 이상 속이면서 살 필요가 없게된 거 아닌가요?"

"난 검사가 되겠다고 10년간 개고생을 했어요! 당신 꿈 같은 헛소리를 들어줄 기분이 아니라고요."

"세상을 바꾸고 싶어서 검사가 됐다면서요? 바로 그런 게 꿈 같은 헛소리 아닌가요? 오히려 잘됐어요. 그 지겨운 가면 좀 벗어던지고 세상을 바꿔봐요. 어서요. 어서 나서보라고요!"

루디는 울부짖듯 말했다. 그러자 폴의 눈동자도 조금씩 흔들리기 시작했다.

"마르코를 저대로 내버려둘 수는 없어요. 이 세상을 바꿔서라도 마르코를 데려와야만 해요."

루디의 말에 폴은 깊은 한숨을 내쉬었다.

"이 싸움, 승산이 거의 없는 싸움이에요."

•   •

"각오하고 있어요."

"몇 년이 걸릴지도 모르고, 영원히 끝나지 않을지도 몰라요."

평상시에는 너무도 듬직해 보이던 폴의 단단한 어깨가 축 처져 있었다.

"물론 그 역시도 각오하고 있어요. 우린 할 수 있어요."

루디는 정말 용기 있는 사람이었다. 그 모든 비난에도 좌절하지 않고 그는 폴에게 힘을 주고 있었다. 그의 선택이 얼마나 현명한 것인지는 알 수 없었지만 두 사람이 쉽지 않은 길을 선택한 것만은 분명했다.

"좋아요. 그렇다면 어디 한번 해보자고요."

"역시 당신은 멋져요!"

루디는 폴을 덥석 끌어안았다. 루디는 폴의 품 안에서 흐느껴 울었다. 그러나 폴은 그런 루디의 등을 토닥여주지 못했다. 떨리고 두렵긴 폴도 마찬가지였기 때문이다. 이제 겨우 시작이었다.

소송

마르코를 되찾기 위한 소송은 어쩌면 세상을 바꿀 시발점
이 될지 몰랐다. 비단 그것은 루디와 폴만의 문제도 아니리라.

"어서 가요. 분명 좋은 일이 있을 거예요."

루디는 애써 폴의 기분을 북돋아주었다.

법원으로 향하는 내내 루디와 폴은 서로의 손을 맞잡았다.
그들은 더 이상 사람들의 시선을 의식하지 않았고, 그럴 필요
도 없었다. 그들은 당당했으며 두 주먹은 불끈 쥐어져 있었다.

법정의 분위기는 이전과 사뭇 달랐다. 루디와 폴에게 마르코
의 양육권을 주었던 메이어슨 판사는 단단히 화가 난 표정이

었다. 폴이 양육권 재청구서를 제출하자, 메이어슨 판사는 단호한 말투로 말했다.

"거부합니다."

"그게 무슨 말씀이십니까?"

"이전에 이미 두 분의 관계에 대해 거짓말을 하셨는데, 위증죄를 묻지 않는 걸 다행으로 생각하세요."

흥분한 루디가 자리에서 벌떡 일어나 말했다.

"한 어린아이의 인생이 달린 일이에요! 당신네들은 관심도 없는 한 아이의 인생이 달린 일이라고요. 왜 그것을 모르세요? 왜요?"

"정숙해주세요."

"이게 당신들이 말하는 정의입니까?"

"한 마디만 더 하면 법정 모독죄로 구금하겠습니다. 이미 요청은 기각했습니다. 아무리 말해봐야 결과는 번복되지 않습니다. 본 법정에 다른 용무가 없다면 그런 열정적인 연기는 길거리에서나 하시죠."

더 이상 메이어슨 판사를 자극해봐야 좋을 것은 없어 보였다. 폴은 루디를 진정시키고, 침착한 말투로 되물었다.

"판사님, 만약 저희가 영구 양육권을 청구한다면 어쩌시겠습니까?"

"기각할 겁니다."

"주법 143조 56항에 따르면 영구 양육권 심리는 거부할 수 없습니다."

"지금 제 인내심을 시험하는 겁니까?"

"판사님, 저희는 죄 없는 한 아이가 미흡한 제도 때문에 망가지지 않기만을 바랄 뿐입니다. 부탁드립니다."

폴은 판사의 앞에서 고개를 숙였다. 그러나 그것은 복종이 아닌 도전의 의미였다.

메이어슨 판사의 눈동자도 조금씩 흔들리기 시작했다.

"좋습니다. 청구를 받아들이겠습니다. 하지만 결과는 같을 것입니다."

메이어슨 판사는 애써 표정을 감추고 법정에서 퇴장했다. 루디는 한껏 들뜬 표정으로 환호성을 내질렀다.

"봐요. 좋은 일이 생길 거라고 했잖아요."

루디는 자신이 한 행동에 대해 늘 당당했다. 있는 그대로의 자신을 꾸밈없이 드러내는 용감하고 아름다운 사람이었다. 그러나 그런 루디 앞에서 폴은 좀처럼 불안한 기색을 감추지 못했다.

"이 재판은 절대 이길 수 없을 거예요."

"난 자기를 믿어요. 또 정의는 우리 편이라고 굳게 믿고 있어요. 이제 당신을 도울 모니카도 없으니 내가 당신 비서 해줄게요."

폴은 마지못해 고개를 끄덕였지만 여전히 불안한 표정을 감추지 못했다. 집에 돌아온 후에도 그는 계속 서성이기만 했다.

그날 밤, 폴은 한참을 생각한 뒤 말했다.

"우리 사이는 더 이상 숨길 수 없는 것이 되어버렸어요. 아니, 숨길 필요가 없죠. 하지만 당신이 게이 바에서 여장을 하고 노래를 부르는 것은 재판에 더 큰 악영향을 미칠 수 있어요."

루디는 자신의 손을 어디다 둬야 할지 몰라 안절부절못하며 폴에게 말했다.

"나보고 노래를 그만두라는 거예요?"

"아뇨. 게이 바에서 일하는 걸 그만두라는 거예요."

"하지만 내가 무대에 설 수 있는 방법은 그뿐이에요."

"마르코를 되찾고 싶지 않아요?"

루디는 더 이상 대꾸하지 못했다.

폴이 잠든 동안에도 루디는 내내 몸을 뒤척였다. 마르코가 두 사람에게 얼마나 소중한 존재인지, 루디는 생각하고 또 생각해야 했다.

아무리 생각해도 마르코는 두 사람에게 하늘이 주신 최고의 보물이었다. 그 무엇과도 바꿀 수 없는 선물.

• •

선택

　도시에는 또다시 밤이 찾아오고 있었다. 하나 둘 네온사인이 불을 밝히며 도시를 빛내기 시작했다.

　바에도 조명이 바뀌고 불이 켜졌다. 나른함에 빠져 있던 분위기에 다시 활기가 도는 시간이었다. 텅 빈 무대 뒤, 대기실에서는 조니와 비욱스의 손놀림이 바삐 움직이고 있었다.

　얼굴에 속눈썹을 붙여놓고, 마스카라를 짙게 칠하고, 빨간 립스틱을 곱게 바르고, 노란 가발을 쓰고 나니 평소 험상궂은 얼굴의 조니도 제법 어여쁜 아가씨로 변해 있었다.

　"오늘은 화장이 잘 먹네. 손님들이 아주 반하고 말겠어. 나 좀 봐."

조니는 기분이 좋은지 어깨를 들썩거리며 말했다. 그러나 비욱스의 반응은 무뚝뚝하기만 했다.

"그래 봐야 무대 뒤를 장식할 뿐이야. 언제나 주인공은 루디잖아."

"내가 루디보다 못한 게 뭐야?"

"글쎄. 하지만 분명한 건, 폴도 루디를 선택했다는 거야."

조니는 다시 화장을 고치며 말을 이어갔다.

"주인공은 언제나 빛이 나는 법이지. 그러니 나도 한 번쯤은 무대의 주인공이 되고 싶어. 그래서 좋은 사람을 만날 수 있다면 더 좋고."

조니는 부러운 듯 말했다. 그리고 대기실에 걸려 있던 무대 의상을 이것저것 몸에 걸쳐보았다.

"나 좀 봐. 이 옷은 제법 어울리지 않아?"

"야, 그건 오늘 루디가 입을 옷이야."

. .

"그래도 몸매는 내가 루디보다 더 낫지 않니?"

"그러고 보니 루디가 오늘은 좀 늦네."

비욱스는 대답 대신 시계를 보며 딴청을 피웠다. 조니는 약이 바짝 오른 표정으로 비욱스를 흘겨보았다. 어느덧 무대에 오를 시간이 다 되었다. 그제야 루디가 대기실 안으로 들어섰다.

"루디, 서둘러. 시간이 얼마 남지 않았어."

조니가 재촉하며 말했다. 그러나 루디는 더 이상 화려한 드레스를 입을 생각을 하지 않았다.

"친구들, 난 더 이상 무대 위에 오르지 않을 거야."

"그게 무슨 말이야? 무슨 일이 생긴 거야?"

"무대에 오르지 않겠다고 폴과 약속했어."

루디의 눈빛이 약간 흔들리는 것 같았다. 비욱스는 그제야 알겠다는 듯, 고개를 끄덕였다.

"남자친구도 생기고 아이도 생겼으니, 이제 우리를 버리겠다는 건가?"

조니가 통명스럽게 툭 쏘아붙였다.

"조니, 그런 게 아니라……."

"그런 게 아니면 뭐야? 넌 진작에 우리를 버렸어."

"오해하지 마. 아이를 위해서 나도 어쩔 수 없는 선택을 한 거야."

"그 저능아는 네 아이가 아니잖아."

"조니! 우리 아이를 그렇게 부르지 마!"

비욱스의 말에 루디가 발끈하며 말했다.

"그 아이는 분명 내 아이야."

조니와 비욱스는 루디가 단 한 번도 그렇게 성을 내는 것을 본 적이 없었다. 비욱스는 서운한 듯 얼굴을 찌푸렸다.

"역시 루디 너에게 우리 따위는 안중에도 없었던 거야. 폴과 마르코만 소중할 뿐이지. 안 그래?"

비욱스는 더 이상 말할 필요가 없다는 듯, 루디의 시선을 외면했다. 루디도 쓸쓸한 표정으로 고개를 돌렸다.

. .

"난 언제까지나 노래를 부르고 싶어. 하지만……."

"너무 상심하지 마. 무슨 일인지 자세히는 모르지만 우리는 마음속으로 널 응원할거야. 하지만 섭섭한 건 사실이야. 네가 떠난다니……."

머쓱해진 조니가 루디에게 다가와 말했다. 루디도 그런 마음을 알고 있다는 듯, 입가에 미소를 지어보였다.

"조니, 넌 늘 무대의 주인공이 되고 싶다고 했지? 그게 바로 오늘이야."

"하지만 난 자신이 없어……."

조금 전까지 자신 있어 하던 조니는 이내 꼬리를 내리며 말했다.

"할 수 있어. 넌 충분히 매력적이니까."

"정말? 내가 할 수 있을까?"

"당연하지. 오늘 너, 정말 아름답다."

루디의 말에 조니는 힘을 얻는 것 같았다.

대기실을 나온 루디는 텅 빈 바 안을 둘러보았다. 불과 몇 분 후면 손님들로 북적이고, 무대 위에서는 화려한 공연히 펼쳐질 것이었다. 루디는 언제나 그 무대 한가운데에서 관객들의 시선을 한몸에 받곤 했다. 루디가 손짓만 해도, 많은 남자들이 넋이 나가서 환호성을 내지르곤 했다. 그러나 이제 루디는 더 이상 그 환호성을 받을 수 없다. 루디는 이제 이 무대에 서지 않는다. 여장을 하고 무대에 서는 것은 아이의 교육에 나쁜 영향을 끼칠 수 있기 때문이다. 루디는 그렇게 생각하지 않았지만, 세상 사람 모두가 그렇게 생각하고 있었다. 단 한 번도 그것을 부끄럽게 여긴 적이 없었지만, 이제 그것은 부끄러운 것이 되어야 했다. 순순히 인정하고 물러나지 않으면 마르코를 지킬 수 없었다. 마르코를 위해, 루디는 모든 것을 버렸다.

그건 사랑을 위한 최고의 선택이었다.

· 관계

아동국 조사관 밀스는 루디와 폴을 앞에 두고 심란한 표정을 짓고 있었다. 아이의 부모가 될 자격이 있는지에 대해 조사하는 건 늘 있는 업무 중에 하나였지만, 이렇게 두 남자를 앞에 두고 상담을 하는 것은 처음이었기 때문이다. 잠시의 침묵을 깨고, 밀스는 조심스레 물었다.

"두 분의 관계는 얼마나 됐죠?"

"관계의 정의에 따라 다를 것 같은데요. 우린 9월에 만났고 그 달에 루디와 마르코가 들어왔어요."

"만난 지 얼마 만에 동거를 시작하셨죠?"

폴은 잠시 망설이는 것 같더니 말을 했다.

"정확히 모르겠습니다."

"대략 말씀해보세요."

"2, 3일 정도."

폴의 대답에 밀스는 짐짓 놀라는 표정을 지었다. 그러자 루디가 상냥하게 말을 거들었다.

"첫눈에 반하긴 했는데 서두르긴 싫었거든요."

"아니, 뭐라고요?"

밀스는 어이가 없다는 듯 고개를 가로저었다. 그의 표정은 루디와 폴을 자격 있는 부모로 인정하지 못하는 듯했다. 밀스는 더 이상 조사지에 있는 질문을 읽지 않았다.

"조사는 여기서 마치겠습니다. 돌아가셔도 좋습니다."

"아니, 밀스 씨! 그냥 여기서 끝내는 것은……."

"됐습니다. 충분히 상황을 이해했습니다."

"우린 마르코를 정말 사랑하고 있습니다."

• •

루디가 불안한 듯 밀스에게 말했다.

"네, 알겠습니다."

심리가 시작되고, 플레밍 선생님이 첫 번째 증인이 되어 법정에 섰다. 상대측 변호인으로 나온 램버트 검사는 플레밍 선생님이 자신의 편이 되어줄 거라 확신하는 눈치였다. 램버트 검사는 매서운 눈빛으로 플레밍 선생님의 두 눈을 응시하며 물었다.

"루디와 폴이 사촌이란 얘길 믿으셨습니까?"

"안 믿었어요."

"그렇다면 두 사람이 동성애 커플이란 사실을 아셨군요. 그 이야기를 다른 사람들에게도 하셨나요?"

"안 했어요."

"이유가 뭐죠?"

램버트 검사는 뜻밖이라는 듯 고개를 갸웃거렸다. 하지만 플레밍 선생님은 조금의 망설임도 없이 말했다.

"말할 필요가 없었으니까요. 인간은 모두가 성적인 존재들이고 학부모들이 선택하는 성정체성 문제는 개인의 주머니 사정처럼 제가 알 바 아니죠."

"그래도 이건 비정상적인 생활 방식 문제잖습니까?"

램버트 검사는 선뜻 이해가 되지 않는다는 듯 되물었다. 듣다 못한 폴이 일어나 항의했지만, 메이어슨 판사는 받아들여 주지 않았다. 메이어슨 판사가 자신의 편이라고 생각한 램버트 검사는 한껏 기세가 등등해진 표정으로 플레밍 선생님을 몰아붙였다.

"이봐요. 증인! 증인은 동성애가 아이에게 안 좋은 영향을 끼칠 거라는 생각은 안 해보셨습니까?"

"전혀요. 조금 전에 말씀드린 바와 같이, 그건 제가 알 바가 아닙니다."

"참 무책임하군요."

· ·

"그건 무책임한 것이 아니죠."

플레밍 선생님은 교육자로서 자신의 신념을 굽힐 생각이 조금도 없어 보였다. 램버트 검사는 플레밍으로부터 더 이상 얻을 것이 없다고 생각한 모양인지, 질문을 포기하고 자리로 돌아갔다. 뒤이어 폴이 플레밍 선생님의 앞에 섰다.

"플레밍 선생님, 그간 마르코의 학업 성취도를 설명해주시겠습니까?"

"흠…… 학업 성취도만 본다면 확실한 지적 성장이 관찰되었습니다. 하지만 더 놀라운 부분은 따로 있었습니다."

"그게 뭐였죠?"

"사교적 기술의 비약적 발전이었어요. 아이들과 어울리기를 거부했던 마르코가 먼저 친구들에게 다가가기 시작했어요. 그건 놀라운 변화였어요."

그때였다. 메이어슨 판사는 흥미롭다는 듯 물었다

"그게 저 두 분의 영향이라고 평가하시는 겁니까?"

플레밍 선생님은 주저하지 않고 고개를 끄덕이며 말했다.

"물론이죠. 만약 두 분이 아이에게 부정적인 영향을 끼쳤다면 그런 변화는 절대로 일어날 수가 없었겠죠."

플레밍 선생님의 답변에, 법정 안이 술렁거렸다. 그리고 폴은 기회를 놓치지 않으려는 듯, 재빨리 질문을 쏟아냈다.

"선생님께서는 저희가 어떤 부모라고 평가하시겠습니까?"

"솔직히 선입견이 없었던 것은 아니지만 전반적으로 봤을 때 아주 긍정적이었어요. 두 분이 마르코에게 좋은 부모였다는 것은 조금도 의심하지 않았어요."

"마르코를 위해 조성한 환경은요?"

"안전하고 안락하고 포근해 보였습니다. 지금껏 도나텔로 씨와 플래거 씨처럼 따뜻하고 상냥한 부모는 본 적이 없습니다."

이보다 더한 찬사가 있을까? 폴은 좀처럼 기쁜 표정을 감추지 못했다. 하지만 아직 기뻐하긴 일렀다.

플레밍 선생님의 뒤를 이어 낯익은 얼굴이 증인석에 섰다. 그녀는 지난번 루디와 폴을 상담했던 아동국 소속 조사관 밀스였다. 그녀가 루디와 폴에 대해 좋은 말을 해줄 것처럼 보이지는 않았다. 폴은 좀처럼 긴장된 표정을 감추지 못했다.

"마르코를 감정했다고 들었습니다. 어떤 질문을 하셨나요?"

"당신들의 나체를 본 적이 있느냐, 당신들이 성추행을 한 적은 없느냐, 때린 적은 없느냐, 뭐 그런 기본적인 질문들이었습니다."

그 순간, 폴의 표정은 다시 굳어지고 말았다.

"그…… 그래서 마르코는 뭐라고 답하던가요?"

"아무런 답도 하지 않았습니다."

"역시 그렇군요. 마르코는 자기가 원하는 질문에만 답하곤 하죠."

폴은 중얼거리듯 말했다. 그런데 밀스는 제법 호의적인 말투로 폴의 말에 맞장구를 쳤다.

"맞아요. 다운증후군 아이들의 전형적인 모습이죠. 그런데

한 가지 질문에는 고개를 끄덕이더군요."

"그 질문이 무엇이었습니까?"

메이어슨 판사가 호기심 어린 눈빛으로 끼어들어 물었다. 밀스는 잠시 망설이는 듯하더니, 이내 대답을 했다.

"루디와 폴과 함께 살고 싶냐는 질문이었어요."

밀스의 답변에 폴의 얼굴에는 다시 화색이 돌았다. 그리고 조심스레 다시 물었다.

"증인 말인즉, 저희가 마르코를 양육하는 것이 좋겠다는 말씀이신가요?"

"그렇습니다."

가만히 듣고 있던 루디는 너무 좋아 환호성을 내질렀다. 메이어슨 판사가 눈치를 주자, 루디는 얼른 표정을 고쳤다.

비욱스가 다음 증인으로 증인석에 섰다. 램버트 검사는 불리한 전세를 만회하려는 듯, 처음부터 비욱스를 몰아붙였다.

"루디와 관계를 가진 적이 있나요?"

· ·

램버트 검사의 질문에, 폴은 발끈했다. 그러나 곁에 있던 루디가 괜찮다는 듯, 폴을 툭 쳤다.

"귀엽긴 하지만 제 취향이 아니라서."

비욱스는 슬쩍 루디를 향해 시선을 돌렸다. 비욱스와 눈이 마주친 루디는 미안한 마음 때문인지 고개를 푹 숙이고 말았다.

"루디를 어떻게 알았죠?"

램버트 검사가 다시 물었다. 비욱스는 잠시 망설이다가 말했다.

"직장 동료였어요. 파비오에서 여가수 모사를 했죠."

"모사라고 하면……."

"여장하고 화장하고 립싱크 하는 거죠. 겁나 섹시하게."

"그만하면 됐습니다."

램버트 검사는 만족스런 답을 얻었다는 듯 고개를 끄덕였다. 뒤이어 조니가 증인석으로 들어섰다. 검사는 다시 원하는 답을 얻기 위해 질문을 쏟아냈다.

"루디가 아이를 바에 데려온 적 있었나요?"

"리허설 때 몇 번 데리고 왔었죠."

"쯧쯧, 지적 장애아를 게이 바에 데려오다니."

램버트 검사는 중얼거리듯 혼자 말했다. 폴이 그 말을 듣고, 자리에서 벌떡 일어났다.

"판사님, 저게 질문입니까?"

폴이 항의하자, 메이어슨 판사도 수긍하며 고개를 끄덕였다.

"인정합니다. 검사, 질문만 하세요."

"가게 문을 닫을 때만 데리고 왔었어요."

메이어슨 판사가 램버트 검사를 나무라는 모습을 보고, 조니가 비아냥거리며 말했다. 램버튼 검사는 그런 조니에게 신경질적으로 반응했다.

"질문한 적 없습니다. 증인은 질문에만 답하세요."

"그건 알아요. 다만 확실히 하려고……."

"이미 확실합니다. 증인, 루디와 폴이 마르코 앞에서 키스하

· ·

는 걸 보셨나요?"

"연인이잖아요."

"답변부터 하시죠."

"네."

조니는 마지못해 답했다. 램버트 검사는 그제야 바라던 답을 얻어냈다는 듯 입가에 미소를 보였다.

"그럼 아이 앞에서 키스를 했다는 거군요. 이상입니다."

환경

감정을 쉽게 드러내지 않는, 말하자면 감정 조절을 잘하는 폴이었지만 오늘따라 자신감을 감추지 못하는 모습이었다.

"이번 싸움, 잘하면 이길 수도 있겠어요."

잠자리에 들기 전, 폴은 문득 말했다.

"정말이에요? 정말 그렇게 생각해요?"

"그래요. 하지만 루디, 루디는 루디스러우면 안 돼요."

"루디스럽다니, 그게 무슨 소리예요?"

"냉정해야 한다는 말이에요. 아주 차갑게. 베개의 반대편처럼 말이에요."

∙∙

"베게의 반대편처럼?"

루디는 되물으며, 폴의 베개 밑에 손을 집어넣었다.

"플래거 씨, 이런 말 미안하지만 당신 베개 밑은 아주 뜨거운데요. 체온 좀 뺏어가야겠어요."

루디는 장난스럽게 말하며, 폴의 품속으로 들어왔다. 그런 그의 모습이 어찌나 밝고 행복해 보이는지 폴의 가슴까지 따뜻하고 풍성하고 흥겨워졌다.

"루디! 이러지 말아요. 난 아직 봐둬야 할 책이 있답니다. 이러지 말아요."

그러나 루디는 막무가내였다. 그의 얼굴은 활짝 핀 장미 같았다. 어디 얼굴뿐인가. 루디의 심장은 무르익은 봄날처럼 따스했고, 사랑스러웠다. 폴은 애써 루디를 밀쳐내려 했지만, 이내 거칠면서도 깊은 신음 소리를 내뱉고 말았다.

"아래도 뜨겁네요."

"그만……."

"왜 이래요. 내가 싫어요?"

"아뇨…… 사랑해요."

"나도 알아요."

폴은 루디를 위해서라면 무엇이든 감당할 준비가 되어있었다. 상대방의 부족함을 채워줄 수 있으리라는 기대와 희망이 그들에게 있었다. 누가 뭐래도 그들은 정말 행복한 부부였다.

램버트 검사는 루디의 앞을 왔다 갔다 하며 루디의 시선을 흩뜨려놓았다. 루디는 동요되지 않으려는 듯, 입술을 꾹 깨물었다.

"도나텔로 씨, 마르코를 돌본 지는 얼마나 됐죠?"

"1년쯤 됐어요."

"마르코가 올해 열네 살이었던가요?"

"아뇨, 이제 열다섯 살이에요. 생일이 5월 23일이라."

"그렇다면 마르코는 15년 중 1년을 당신과 함께 지냈군요.

짧은 시간 동안 정이 많이 들었겠군요."

"사랑을 하는 데 오랜 시간이 필요한 것은 아니죠. 우리 셋은 순식간에 사랑에 빠졌고, 행복한 가족이 되었어요."

루디는 한결 긴장이 풀린 표정으로 자신 있게 말했다. 램버트 검사는 그 틈을 놓치지 않았다.

"하긴, 플래거 씨와 만난 지 하루 만에 동거하셨다죠?"

"이의 있습니다. 본 재판과 무관한 질문입니다."

폴이 발끈하며 자리에서 일어났다. 그러나 메이어슨 판사는 이의를 받아들여주지 않았다. 램버트 검사는 심문을 이어갔다.

"도나텔로 씨는 어떤 부모였다고 생각하십니까?"

"훌륭한 부모였다고 생각하고 있어요. 저와 폴 모두."

"왜 훌륭한 부모였다고 생각하시죠?"

램버트 검사는 따지듯 되물었다. 루디는 잠시 망설이다가 답했다.

"이유는 지극히 평범해요. 저는 마르코를 내 자식처럼 아끼며 사랑했어요. 매일 아침마다 깨우고, 아침 식사를 차려주고, 학교에 데려다주고, 같이 놀아주고, 밤마다 이야기도 들려줬어요. 우린 진짜 부모였어요. 정말 잘해왔죠. 앞으로도 계속 그러고 싶어요."

듣고 있던 메이어슨 판사마저 고개를 끄덕였다. 램버트 검사는 공연한 질문을 했다는 듯 인상을 찌푸렸다.

"증인은 마르코의 모친이 체포된 뒤, 혼자 있는 아이를 보고 경찰이나 아동국에 연락을 하셨습니까?"

"아뇨, 대신 폴에게 전화했죠. 그는 검사였으니까요."

"마르코가 위탁가정에서 도망쳐 나왔을 때는 신고를 하셨나요?"

"아뇨, 아무 데도 신고하지 않았어요."

"그렇다면 두 분은 일방적으로 아이를 데리고 있었군요."

"아이 엄마의 동의를 받았기 때문에 법적으론 아무 문제가 없었으니까요."

• •

"마약 소지죄로 복역 중인 엄마였죠."

"복역 중이라고 해도 미성년 자녀를 대리할 권리는 얼마든지 있습니다."

듣다 못한 폴이 나섰다. 하지만 램버트 검사는 못 들은 척, 말을 돌렸다.

"지난번 심리 때, 아이를 바에 데려왔다는 친구들의 증언이 있었습니다."

"친구가 아닙니다. 직장 동료였을 뿐입니다."

"아무튼, 마르코를 게이 바에 데려간 적이 있습니까, 없습니까?"

"영업중일 땐 안 데려갔어요."

"데려가긴 했다는 말이군요. 동성애자들이 출입하는 술집에 데려간 겁니다. 맞지요?"

"네."

루디는 불만스럽지만 어쩔 수 없이 고개를 끄덕였다. 램버트 검사는 흡족한 듯, 말을 이어나갔다.

"여성 모사 공연을 했다고 했는데, 인정하십니까?"

"네."

"마르코와 함께 사는 동안에 여장을 한 적 있지요?"

"네."

"마르코 앞에서 여장을 한 적도 있습니까?"

"아뇨, 그런 적은 없습니다."

루디는 손사래를 치며 말했다. 그러나 램버트는 집요했다.

"백 프로 확실합니까? 진실만을 말하겠다고 맹세했던 증언 선서를 그새 잊은 건 아니겠지요?"

"그게……."

램버트 검사가 다그치자, 루디는 그만 동요되고 말았다.

"할로윈에요."

"할로윈이라니, 그게 무슨 뜻이죠?"

"할로윈 때, 프랑켄슈타인의 신부로 분장한 적은 있어요."

• •

루디가 대답하는 것을 계속 지켜보던 폴은 피식 웃고 말았다. 하지만 램버트 검사는 여전히 진지한 표정을 잃지 않고 질문을 이어갔다.

"그럼 하셨네요. 마르코 앞에서 여장을 한 겁니다."

"말도 안 돼요. 그건 축제 복장일 뿐이었어요. 그때 마르코는 프랑켄슈타인이 되었고, 폴은 카우보이가 되었죠."

"도나텔로 씨, 네, 아니오로만 답하세요. 마르코 앞에서 여장한 적 있습니까, 없습니까?"

"네, 있어요."

루디가 또 마지못해 답하자, 한결 자신감을 얻은 램버트는 루디를 더욱 몰아붙였다.

"여장이 마르코에게 끼칠 영향을 생각해보셨습니까?"

"아뇨, 전혀요. 우린 좋은 환경을 갖추고 있었어요."

"묻는 질문에만 대답하세요. 마르코가 제일 아끼는 장난감이 뭐죠?"

루디의 손이 부들부들 떨렸다. 램버트 검사가 무슨 의도로 이런 말을 하는지 잘 알고 있었기 때문이었다.

'루디, 루디스러우면 안 돼.'

지난 밤, 폴이 했던 말을 다시 한 번 마음속에 되새겼다. 루디는 치밀어오르는 분노를 겨우 억누르고 말했다.

"제일 아끼는 건 인형이에요."

"여자 인형이죠? 드레스에 긴 금발, 화장한 인형."

램버트 검사는 눈을 크게 뜨며 겁을 줬다.

"진실을 마음대로 왜곡하고 싶으신 것 같습니다만, 마르코는 그냥 가족이 꼭 필요한 아이예요. 왜 그걸 모른척하시는 거예요?"

루디는 참고 참다 결국 감정을 주체하지 못하고 큰 소리를 내고 말았다. 그것이야말로 램버트 검사가 원하는 것이었음을 미처 헤아릴 겨를이 없었다.

"그러니까 이렇게 논쟁이 이어질수록 가족이 필요한 아이는 점점 사라지고 아이를 위한 길이 뭔지 보지 않는 이기적인 두 남자만 남는 것 같군요.”

“당신이 뭘 안다고 그래? 아이 나이도 잘 모르면서. 지난 달 생일에 그 아이는 혼자 생일을 보내야 했다고. 사랑이 필요한 아이라는 걸 왜 몰라?”

“판사님, 휴정을 요청합니다.”

폴은 도저히 안 되겠다는 듯, 일어나 휴정을 외쳤다. 그러나 메이어슨 판사는 휴정을 받아들이지 않았다.

램버트 검사는 씩 웃으며 심문을 이어나갔다. 그의 질문은 더욱 노골적이고 직설적으로 변해갔다.

“아이 앞에서 성행위를 한 적 있습니까?”

“지금 우리를 성추행범으로 몰겠다 이건가요?”

“그런 말 안 했습니다. 네, 아니오로만 답하세요.”

“이게 무슨 개수작이야! 우린 떡을 쳐도 우리 침실에서 쳤어. 당신들과 다르다고 절대 나쁜 부모는 아냐! 절대로!”

루디는 완전히 이성을 잃고 말았다. 폴도 더 이상은 못 참겠다는 듯, 메이어슨 판사 앞에 나가 말했다. 그리고 당당했다.

"판사님, 이래서야 판결을 내릴 수가 있겠습니까? 재판 내내 게이, 인형, 망할 드레스 얘기뿐인데, 왜 진짜 논점은 빼는 겁니까? 이 심리는 마르코를 위한 겁니다. 지금도 마르코는 환경이 맞지 않는 위탁소에 있고 죽을 때까지 거기에 있어야 할지 모릅니다. 입양할 사람이 없으니까요. 작고 뚱뚱한 지적 장애아를 세상 어떤 사람도 입양하지 않을 겁니다. 우리만 빼고요! 우린 마르코를 진심으로 원하고 마르코도 우리를 사랑합니다. 우리는 마르코를 정성을 다해 좋은 사람으로 키울 겁니다. 그 아이를 위해서라면 최고의 양육환경을 만들어갈 수 있습니다. 이래도 부족합니까? 부모로서의 자격이 이걸로 부족하다는 건가요?"

일순간, 법정 안이 숙연해졌다. 그리고 법정 안에 있는 모든 사람들의 시선이 메이어슨 판사에게로 향했다. 메이어슨 판사는 그런 시선을 의식한 모양인지, 대답을 망설이더니 이내 결심한 듯 말했다.

"방금 발언은 숙고하도록 하겠습니다."

약속

    폴과 루디는 서로 곁에 있다는 것만으로도 안도가 되는 사람들이었다. 서로가 서로에게 마음속 흔들림을 잠재워주는 사람이었다. 하지만 마르코의 일로 둘의 마음은 너무나 혼란스러웠다. 자신들의 힘만으로는 어쩌지 못하는 이 상황에 둘은 조금씩 지쳐갔다.

    루디는 마르코에게 전화를 했다. 모처럼 마르코의 목소리를 들을 수 있어 너무나 좋았다.

    "마르코, 많이 힘들지? 조금만 더 참아줘. 이제 정말 멀지 않았어. 조금만 있으면 우린 예전처럼 함께 밥 먹고, 함께 잠자고,

뭐든 함께할 수 있을 거야."

"정말 약속해요?"

"물론, 약속하지. 곧 데리러 갈 테니 짐 싸놓고 있어야 해. 알았지?"

"……."

수화기 속에서는 조그맣게 흐느끼는 소리가 들려왔다. 마르코가 또 우는 모양이었다.

"바보, 좋을 때는 우는 게 아니라고 했잖아. 울지 마, 마르코."

루디는 그렇게 말했지만 루디 역시 눈가에 눈물이 촉촉이 맺혀갔다.

"마르코, 잘 있어."

루디는 더 이상 수화기를 붙들고 있을 수가 없었다. 이렇게 마르코와 계속 이야기를 나누다가는 정말로 자신이 울어버릴 것만 같았다. 루디는 얼른 수화기를 내려놓고 돌아섰다.

"힘내요, 루디. 우린 이길 수 있어요."

폴이 다가와 루디의 어깨를 감싸 안아주었다.

"정말이죠? 정말 우리가 이길 수 있죠?"

"물론이죠. 마르코와 약속까지 한 마당에, 못 이기면 절대 안 되죠."

폴의 말에 루디는 자신감이 생겼다. 둘은 다시 법정으로 들어섰다.

"모든 진술을 듣고 서류를 검토한 결과에 따라 판결을 내리겠습니다. 두 분은 마르코의 삶에 긍정적인 영향을 끼쳤으며 충분히 자신들을 희생하면서 적합한 양육환경을 조성하기 위해 노력해주셨습니다. 하지만 다른 면을 간과할 순 없었습니다. 마르코에 대한 사랑은 의심의 여지가 없으나, 아동이 부적절한 상황에 노출될 여지가 있습니다. 아동이 동성애를 정상이라 판단하여 성정체성에 혼란을 일으킬 수 있습니다. 본 법정은 이 점을 간과할 수 없었습니다."

판결이 끝난 뒤에도, 루디와 폴은 한동안 법정을 떠나지 못했다.

"어째서죠? 어째서 우리는 안 되는 거죠? 우리는 그 누구보다 그 아이를 사랑하는데, 왜 안 된다고 하는 건가요? 왜?"

루디는 물었다. 그러나 폴은 그 말에 답을 해줄 수 없었다. 아무리 마르코를 사랑하더라도, 아무리 마르코를 위해 희생하더라도, 마르코와 함께할 수 없었다. 결국 그들은 마르코와의 약속을 지킬 수 없었다.

당신은 날 버렸어. 이제 여기에 사랑은 없어.
오직 허전함만이. 이제 여기에 사랑은 없어.
당신이 내 안에 살던 그땐
당신이 무엇이든 해주리라 믿었어.
괴로움도 멀리 사라졌지. 당신은 금세 변해버렸어.

함께 있지는 않지만 마르코는 행운을 불러다주었다. 루디가 보낸 데모 테이프를 들은 어느 클럽에서 루디에게 가수로 무대에 설 것을 제의해왔다. 이제 루디는 더 이상 여장을 하지도, 다른 사람의 목소리를 흉내 내지 않아도 되었다.

루디의 목소리는 작은 공간에 가득 울려퍼져 지켜보는 사람들의 마음을 흔들리게 만들었다. 마르코가 데모 테이프에 입맞춤을 해주지 않았다면 이런 행운이 찾아오지 않았을 것이라는 생각이 들자, 더욱 더 마르코가 보고 싶어졌다.

루디는 도무지 마르코를 잊을 수가 없었다. 아니, 포기할 수가 없었다. 이미 마르코는 루디의 아이가 되어 있었다. 루디의 소원은 단지 마르코를 열심히 키우고, 집을 돌보고, 폴의 사랑이 되고 싶었다. 폴과 마르코를 위해 저녁 식사를 준비하고, 신문을 읽고, 음악을 듣게 된다면 얼마나 삶이 근사할까? 진정 가족을 사랑하며 행복한 가정을 꾸미는 주부이고 싶을 뿐이었다.

'그래, 우린 결코 마르코를 포기할 수 없어!'

루디와 폴은 다시 한 번 일어서야겠다는 생각을 했다. 절대로 싸움을 멈출 생각이 없었다. 그러나 그들의 힘만으로 이길 수 없는 싸움임을 두 사람 모두 알고 있었다. 루디와 폴은 곧바로 흑인 변호사 로니의 사무실을 찾았다. 자초지종을 들은 로니는 심드렁한 표정을 지었다.

"아니, 왜? 당신도 변호사라면서 직접 항소하시죠?"

"난 훌륭한 변호사가 아니에요. 오랜 세월 검사 생활을 했지만, 변호사로서는 신출내기일 뿐이죠. 게다가 법정에선 우리에게 편견을 갖고 있어요."

폴이 말하자, 로니는 어이가 없다는 듯 껄껄 웃어댔다.

"아니, 지들보다 법을 잘 아는 흑인 변호사에겐 편견 없을 거 같아요? 맞혀볼까요? 백인 변호사들한테 다 퇴짜맞고 건너 건너 여기까지 왔죠? 남자끼리 붙어먹는다면 패소할 게 뻔하니까요."

로니는 낯이 붉어질 정도로 너무나 직설적이었다.

"잠깐만요. 그건 오해예요. 우린 당신이 유능한 변호사이며,

힘든 사건도 마다하지 않는 사람이라고 들었어요."

폴의 말은 로니를 한껏 우쭐하게 만들었다. 어깨에 약간 힘이 들어간 로니는 도리가 없다는 듯, 한숨을 푹 내쉬었다.

"이건 힘든 정도가 아니에요. 변호사가 아니더라도 누구나 다 알 겁니다. 게이가 양육권을 얻는 건 사실상 불가능해요. 아니, 게이는 뭘 해도 안 되죠."

로니의 이런 말에도 루디와 폴은 조금도 불쾌하지 않았다. 언제부터인가 스스로를 동성애자로 인정하고, 미리부터 자각을 해둔 터라 그런 말들의 피해의식으로부터 자유로워졌다. 단지 마땅히 대꾸할 말을 찾지 못했다.

"아시잖아요. 이미 패배한 게임이라는 걸."

그러나 그가 아무리 뭐라고 해도 루디와 폴은 결코 싸움을 멈출 생각이 없었다. 폴은 가방에서 서류를 꺼내 로니에게 내밀었다.

"이것 좀 보세요. 도움이 될 판례를 몇 개 찾아왔어요. 정의가 존재한다면 세상에 이기기 불가능한 싸움이란 결코 없어요."

로니는 폴이 건네준 자료를 건성으로 보는 듯했다.

"좋아요. 하지만 솔직히 말하죠. 내가 사건을 맡기로 하면 당신들의 과거 언행은 낱낱이 드러나게 될 거예요. 개를 풀어놓고 파고 또 파서, 당신들이 지금껏 잤던 사람들을 전부 알아내고, 그동안 먹었던 약도 다 찾아내고 신호 위반한 것까지 모조리 찾아낼 거예요. 그러나 내가 법정에서 절대 참지 못하는 게 뭔지 알아요?"

변호사 로니는 진지한 눈빛으로 물었다.

"글쎄요."

"그건 말이죠. 내가 모르고 있던 사실을 알고 놀라는 거예요. 부탁드리지만 아무리 힘든 질문에도 솔직히 답해주셔야 해요. 감당하실 수 있겠어요?"

"물론이죠."

폴은 자신 있게 말했다. 그리고 너무나도 반가워 조금도 망설임 없이 로니에게 손을 내밀었다. 로니는 그런 폴의 손을 툭 내쳤다.

"미안해요. 난 흑인이지 게이는 아니에요."

두 사람은 그의 농담에 웃고 있었다.

편견

변호사 로니에게서 전화 연락이 온 것은 아침이었다.

"그러니까 위탁가정에 있던 마르코가 주립시설로 옮겨졌다는 건가요?"

"그렇죠."

"재판이 시작되기 전에 꼭 마르코를 만나고 싶은데……. 그게 가능할까요?"

루디는 간절한 마음을 담아 말하고 있었다.

"노력해보죠."

그러나 마르코를 만나는 것조차 반드시 판사의 허락을 받아야만 했다.

"존경하는 판사님, 마르코의 면회를 요청합니다."

"두 사람이 아이를 만나는 것은 불필요해 보입니다. 요청을 기각합니다."

"그래도 아이를 위해 재고해주시죠."

"기각한다고 했습니다."

레스닉 판사는 메이어슨 판사보다 더 고지식하고 보수적인 사람이었다. 루디와 폴에 대해 편견을 갖고 있는 듯, 레스닉 판사는 로니의 요청을 단호히 거절했다. 그러나 로니는 기대했던 것보다도 훨씬 능숙한 변호사였다.

"좋습니다. 그럼 다른 법정에 이의를 신청하죠. 그건 괜찮겠죠? 아이와 의뢰인들과의 깊은 유대관계를 설명하고, 본 법정이 아이의 안위를 무시한 채 요청을 불허했다고 말하겠습니다. 아마도 판사님의 명성에 큰 흠이 되지 않을까 사료됩니다만……."

••

일순간, 레스닉 판사의 얼굴이 잔뜩 구겨졌다.

"정말 이렇게 시작하고 싶소, 로니?"

"공은 이미 판사님에게로 넘어간 것 같은데요."

"흠……."

레스닉 판사는 잠시 생각해보더니, 마지못한 표정으로 말을 바꾸었다.

"신청서는 가져왔습니까?"

"마음에 안 드실까 봐 비서에게 시켜서 타자로 쳤습니다."

"좋습니다. 그러나 면회는 단 1회만 허락합니다. 감독하에 더도 말고 정확히 30분입니다."

며칠 뒤, 루디와 폴은 꿈에도 그리던 마르코와 만날 수 있었다. 오랜만에 본 마르코는 평소보다 많이 야윈 모습이었다.

"전보다 마른 것 같구나. 음식이 입에 맞지 않니?"

"……."

"별일은 없고?"

"……."

루디가 물어도 마르코는 아무런 반응을 보이지 않았다.

"내가 약속을 지키지 않아서 화가 많이 났구나. 정말 미안해, 마르코."

"……."

루디는 자기가 약속을 어겨서 마르코가 토라진 거라며 자책했다.

"그만해요. 루디, 꼭 그런 것은 아닐 거야."

루디를 달랜 폴은 마르코에게 다가갔다.

"마르코, 초콜렛 도넛 먹지 않을래?"

폴은 루디 몰래 준비한 초콜렛 도넛을 마르코에게 내밀었다. 그제야 마르코의 얼굴에 화색이 돌았다.

"저런, 초콜렛 도넛이 먹고 싶었구나. 그래서 기분이 꿀꿀했구나?"

마르코는 고개를 끄덕였다. 그런데 도넛을 먹다 말고, 마르코

• •

는 문득 루디에게 말을 걸었다.

"이야기 하나 해주세요."

"꼬마 마법사 마르코 이야기 말이니?"

"네, 해피엔딩으로요."

"그래, 옛날 옛적에……."

마르코는 두 눈을 감은 채, 루디가 해주는 이야기에 귀를 기울였다. 이야기를 들으며 마르코는 말할 수 없이 행복한 미소를 지어 보였다. 그러나 루디의 이야기는 그리 길지 않았다. 그들에게 남아 있는 시간이 그리 길지 않았기 때문이었다. 루디는 서둘러 이야기를 끝마쳤다. 물론 이야기의 끝은 언제나처럼 해피엔딩이었다.

어떠한 시련이 닥치더라도, 루디와 폴은 마르코에게 해피엔딩으로 끝나는 진짜 이야기를 들려주고 싶었다.

루디가 참고 있던 눈물이 기어이 터진 것은 돌아오는 차 안에서였다. 정확히 말하면 차에 시동을 거는 순간이었다.

"마르코, 미안해, 정말 미안해. 약속을 못 지켜서⋯⋯."

마르코에게 들리지도 않을 사과의 말을 루디는 울면서 계속해서 중얼거렸다.

재판

　루디와 폴은 초조한 표정을 감추지 못했다. 재판의 시작이 얼마 남지 않았는데, 로니의 모습이 보이지 않았기 때문이다.

　"로니가 재판에 질 것 같으니까 도망 간 거 아닐까요?"

　루디는 의심스런 눈초리로 말했다. 그런데 그때, 로니가 가쁜 숨을 몰아쉬며, 법정 안으로 들어왔다.

　"누가 진다고 했어요? 이 재판 이길 수 있어요."

　로니는 폴에게 서류를 건네며 말을 이었다.

　"주법을 뒤지다 보니까 캘리포니아에서 약물 중독과 가정 폭력 전과자들에게도 입양을 허락했더군요."

"쳇, 그럼 그동안 우리만 안 되었던 거예요?"

"당신들만 안 되었죠. 그래서 수정헌법 14조 위반을 주장할 겁니다."

"수정헌법 14조? 이런, 왜 진작 그 생각을 못했지."

폴은 무릎을 탁 쳤다. 루디만은 무슨 말인지 모르겠다는 듯, 고개를 갸우뚱거렸다.

"대체 무슨 소리예요?"

"수정헌법 14조에 따르면 국가는 개인의 자유와 특권을 박탈할 수 없어요."

"그러니까 그게 무슨 소리냐고요? 좀 쉽게 말해봐요."

"국민이면 개나 소나 똑같이 대해야 한다 이 말이에요."

로니의 말에 루디는 그제야 고개를 끄덕였다.

"진작 그렇게 말하지. 그럼 이번 싸움 승산이 있겠네요?"

"두고 봐야죠. 하지만 전처럼 절망적이지는 않아요."

로니는 씩 웃으며 말했다.

"정말 잘되는 거죠?"

루디는 확인하듯 폴에게 물었다.

"로니가 자신 있어 하잖아요."

루디는 한결 마음이 놓인 듯한 표정이 되었다. 그런데 그것도 잠시, 이내 그들의 표정은 싸늘하게 변하고 말았다. 방청석에 앉아 있는 사람 중에 낯익은 모습이 보였기 때문이다.

"저…… 저 사람은 윌슨 검사 아니에요? 도대체 왜 저 사람이 여기 있는 거죠?"

루디가 놀란 눈이 되어 말했다. 폴도 좀처럼 불안한 표정을 감추지 못했다. 잠시 후, 레스닉 판사가 법정 안으로 들어섰다. 로니는 다시 한 번 준비한 자료를 훑어보았다. 그런데 레스닉 판사의 표정이 심상치 않았다.

"오늘은 본론으로 바로 들어가겠습니다. 램버트 검사 측에서 신청한 대로, 재판 기각 신청을 승인합니다."

루디와 폴 그리고 로니는 귀를 의심했다. 레스닉 판사가 재판을 시작하기도 전에 재판을 끝내려 하고 있었다.

"잠깐만요. 기각 신청이라뇨? 공지나 설명도 없이 재판을 기각하다니, 이런 법이 어디 있습니까?"

로니는 흥분하며 자리를 박차고 일어났다. 그런데 그때, 법정으로 한 여인이 입장하는 것이 보였다. 루디와 폴은 단번에 그녀를 알아볼 수 있었다. 그녀는 마르코의 어머니 마리아나였다. 마리아나는 루디와 폴의 시선을 외면하고 검사 옆에 앉았다.

"마리아나 씨, 아이를 데려간다고요?"

"네."

"어머니로서의 의무를 재개할 준비가 되었습니까?"

"그럼요. 이제부터 마르코는 친모인 제가 맡아서 키우겠습니다."

마리아나는 분명한 어조로 말했다.

"마…… 말도 안 돼."

폴과 루디는 절망하듯 고개를 가로저었다. 그런데 마리아나는 여기서 그치지 않았다. 그녀는 아주 똑똑하게 말을 이었다.

"또한, 도나텔로 씨와 플래거 씨의 접근 금지 명령을 신청합니다. 그들이 우리 아이의 곁에 얼씬도 못하게 해주세요."

"승인합니다."

레스닉 판사는 기다렸다는 듯 판사봉을 두들겼다. 루디와 폴은 귀를 의심하지 않을 수 없었다.

"이런 법이 세상에 어디 있습니까? 저 여자는 양육권을 포기했다고요. 여기 저 여자의 서명도 있어요. 여길 봐요, 여길요!"

루디는 울부짖듯 말했다. 그러자 램버트 검사가 기다렸다는 듯이 그 말을 맞받아 이야기했다.

"그건 임시 양육을 허락했을 뿐입니다. 이제 복역을 마쳤으니, 어머니에게 양육권을 되찾을 권리가 있는 것입니다."

"그렇다고 아이를 버린 여자에게 다시 그 아이를 맡겨요? 게다가 저 여자는 마약중독자라고요. 아직 모르겠어요?"

"이봐요, 루디! 마르코 어머니를 비난하기 전에, 당신들이 동성애자란 사실을 잊지 말아요. 왜 그걸 모르세요?"

램버트 검사는 비아냥거리며 말했다. 루디는 자리에서 벌떡 일어나 램버트 검사를 밀치고 판사 앞으로 달려갔다.

"판사님, 정말 아이를 위한 선택이 무엇인지 한 번만 더 생각해주세요. 제발요. 네? 이렇게 빌게요. 제발요!"

루디는 울면서 빌었다. 그러자 레스닉 판사는 다시 판사봉을 내리쳤다.

"이만 심리를 마칩니다."

로니 변호사는 깊은 한숨을 내쉬며 말했다.

"검찰이 그 여자와 거래를 한 모양입니다. 양육권 반환 신청을 하는 조건으로 가석방을 허락해준 것이죠."

"도대체 왜요? 그렇게 해서 얻는 게 과연 뭐죠?"

루디는 도무지 이해가 안 된다는 듯 되물었다. 그러나 폴은 어째서 검찰이 그런 일을 벌였는지 짐작하고 있었다.

· ·

"나 때문이에요. 바로 나 때문에……."

"폴 때문이라니, 그게 무슨 말이에요?"

"윌슨이 내게 이런 질문을 한 적이 있었어요. 검사는 지위가 올라가면 품격도 생각해야 한다고."

"당신이 검사로서의 품격을 손상시켰단 말인가요?"

"충분히요. 그들은 분명 내가 수치스러웠을 거예요."

"말도 안 돼요. 설사 그렇다고 해도 이건 너무하잖아요."

루디의 말에 폴도 고개를 끄덕였다.

"맞아요. 이건 너무 과해요. 검찰은 그 잘난 명예를 지키기 위해 원칙을 어겼어요. 개인적인 감정으로 법질서를 어그러뜨릴 수는 없어요."

폴은 그렇게 말하며, 결심한 듯 로니에게 말했다.

"변호사님, 난 이 싸움을 포기할 수 없어요. 아직 포기하긴 일러요. 난 싸우겠어요. 당신이 계속 우리를 도와주었으면 좋겠어요. 결코 마리아나는 마르코를 돌볼 수 있는 그런 여자가 아니에요."

폴의 말에, 로니는 어이가 없다는 듯 크게 웃었다.

"플래거 씨, 플래거 씨도 로스쿨 나오셨지요?"

"그…… 그런데요."

"로스쿨에서는 기본적인 것도 안 가르쳐주었나 보군요. 이
싸움은 완전히 끝났어요. 아니, 그걸 왜 모르세요? 친모가 자기
자식을 되찾겠다는데, 이젠 당신들에게 마르코를 돌볼 명분은
없어요. 이건 완전한 패배라고요."

진정으로 한, 우정 어린 충고와 격려였지만 로니의 말에 폴은
기가 죽었다. 그는 더 이상 대꾸하지 못하고 고개를 푹 숙였다.
폴은 잠시 생각에 잠기더니, 이내 고개를 가로저으며 말했다.

"아뇨, 아직 끝나지 않았어요. 정의를 위한 싸움을 결코 끝
낼 수가 없어요."

루디도 곁에서 고개를 끄덕였다.

"정말 그럴 수 있을까요?"

..

"물론입니다. 우린 계속 싸울 거예요. 그동안 고마웠습니다, 로니."

폴과 루디가 사무실에서 나가자, 로니는 안타까운 듯 한숨을 푹 내쉬었다. 그리고 중얼거리듯 말했다.

"맞아요. 정의를 위한 싸움을 끝낼 수는 없죠. 하지만 이제 내가 도울 일은 더 이상 없어 보입니다. 당신들의 행운을 기원하겠어요."

진정으로 두 사람이 승리할 수 있기를 그는 바라고 있었다.

해피엔딩

낡은 건물 안에서는 시끄러운 음악이 계속 흘러나왔다. 마리아나는 낯선 사내와 몸을 부대끼고 있었다. 사내도 마리아나도 이미 이성을 잃은 듯했다. 인형을 꼭 끌어안은 채, 마르코는 불안한 얼굴로 방구석에 서서 그 모습을 지켜보고 있었다. 그 모습이 마리아나의 눈에도 들어왔다.

"아, 잠깐만요. 애 앞에서는 안 돼요."

화들짝 놀란 마리아나는 사내의 손길을 뿌리쳤다. 성이 난 사내는 마르코에게 다가서더니 아주 신경질적으로 말했다.

"저리 나가지 못해! 내 말 안 들려? 이 저능아 새끼야. 왜 말을 안 들어!"

잔뜩 겁에 질린 마르코는 사내의 말에 미동조차 하지 못했다. 마리아나는 그런 마르코에게 다가와 달래듯 말했다.

"마르코, 엄마 말 잘 듣지? 엄마가 부를 때까지 복도에 나가 있으렴."

"……."

마르코는 동상처럼 그냥 서 있었다.

"어서 나가라니까. 엄마 말 안 들려?"

마리아나는 마르코의 등을 밀어내듯 쫓아냈다. 마르코는 좁은 복도로 밀려나왔다. 그러나 마르코를 기다리고 있는 것은 어둠뿐이었다. 마르코는 루디가 살던 쪽을 힐끔 바라보았다. 그곳 역시 어둠뿐이었다. 마르코는 이 어둠 속에서 도망치고 싶었다.

"폴! 루디!"

마르코의 입안에서는 계속 두 사람의 이름이 흘러나왔다. 건물 밖으로 나오니, 환한 불빛이 사방을 밝히고 있었다. 그리고 길을 따라 부지런히 오가는 사람들의 모습도 보였다. 마르코는 지나가는 사람들의 얼굴을 유심히 살폈다. 어디선가 루디와 폴이 나타나줄 것만 같았기 때문이다.

"아니, 이런 병신이 왜 이래? 저리 가지 못해!"

오가는 사람들은 마치 거렁뱅이라도 보듯 마르코를 피했다. 마르코는 열심히 거리를 걸었다. 그러나 아무리 기다려도 루디와 폴은 나타나지 않았다.

길을 따라가면, 그 언젠가처럼 루디와 폴이 해피엔딩처럼 반짝 나타날 것만 같았다. 마술처럼 나타날 것만 같았다. 마르코는 그냥 계속 걷고 있었다. 그렇게 걷다 보면 셋이 행복하게 살았던 그 집이 나올 것만 같았다. 그 집은 정말 따뜻했다. 왔던 길을 몇 번이나 돌고 돌았지만 마르코에게 방향 감각이 있을 턱이 없었다.

마르코는 걸었다. 그곳이 어딘지 도무지 알 수 없었다. 단지 그 집에는 루디의 방이 있었고, 방 안 책장에는 마르코가 좋아

하는 인형들이 가득했다. 마르코는 애쉴리를 친구들과 만나게
해주고 싶었다. 그리고 셋이 행복하게 살고 싶었다. 어느덧 마
르코는 낯선 길 한가운데 섰다. 사방에서 빛나는 불빛이 마르
코의 시선을 혼란스럽게 만들었다.

바꿀 수 없는 건 없다고들 하지.
사람들 사이의 거리는 가까울 수가 없다고.
얼굴 하나하나 모두를 기억해 날 여기에 집어넣은 사람들.
내 빛이 밝아오네.
서녘에서 동녘까지 얼마 지나지 않아 얼마 지나지 않아
난 풀려날 거야.

어디선가 루디가 부르는 노랫소리가 들리는 것 같았다. 마르
코는 그 소리가 너무나 달콤했다.
"폴! 루디!"

마르코의 입에서는 여전히 두 사람의 이름이 흘러나왔다. 그리고 얼마 후, 루디가 들려주는 해피엔딩 이야기가 들려오는 듯했다.

"마르코, 오늘은 어떤 이야기를 해줄까?"

"저는 언제나 해피엔딩이 좋아요."

"그래, 옛날 옛적에 유명한 꼬마 마법사가 살고 있었어. 아주 행복한 아이였지. 엄마랑 아빠도 있고 심술궂은 여동생 롤라벨도 있었어."

"이름이 뭐예요?"

"누구?"

"꼬마 마법사요."

"당연히 마르코지."

　마르코의 입가에는 미소가 한가득 머금어져 있었다. 마음은 분명 해피엔딩이었을 것이다. 그리고 마르코는 살며시 눈을 감았다. 오래 오래, 아니 영원히.

• •

[•] 마르코

타자기 앞에 앉은 폴은 한 통의 편지를 써내려가고 있었다. 그의 표정은 너무나 슬퍼 보였다. 눈물을 애써 참고 있는 듯했다. 그러나 얼마 지나지 않아 그의 충혈된 눈에 기어이 물기가 모아지고, 이어 눈물 방울이 볼을 타고 내려왔다. 편지는 여러 통으로 복사되었다. 수신처는 메이어슨 판사, 레스닉 판사, 윌슨 검사, 램버트 검사 그리고 선입견만으로 루디와 폴이 마르코와 함께하는 것을 반대했던 모든 사람들에게였다. 폴은 오려 낸 신문 기사 한 조각도 함께 봉투에 넣었다.

동봉한 신문 기사를 읽어보기 바랍니다. 신문에 나긴 했지만 당신들은 아마 못 봤을 겁니다. 가스값 인상이나 정치 얘기 같은, 그보다 더 중요한 이야기들이 1면을 차지하는 바람에, 구석으로 밀려나버렸거든요.

마르코란 장애아는 당신들이 가지 못하게 한 그 집을 찾아오겠다고 3일이나 헤매다 다리 밑에서 죽었습니다. 직접 그 아이를 본 적도 없으시고 이 기사만으로는 알기 부족하니, 마르코란 아이에 대해 간단히 말해주려고 합니다.

마르코는 상냥하고 똑똑하고 재미있는 아이였고, 그 아이가 웃으면 방 안이 온통 환해졌죠. 군것질을 좋아했고 초콜렛 도넛을 유난히 좋아했어요. 세상에서 디스코를 가장 잘 췄고 밤마다 해주는 이야기를 좋아했습니다. 마르코가 좋아하는 이야기는 언제나 해피엔딩으로 끝났습니다.

메이어슨 판사의 책상 위에는 서류들로 가득했다. 이번 주만

· ·

해도, 스무 개가 넘는 사건들을 처리해야만 했다. 메이어슨 판사는 곧 있을 재판의 서류들을 뒤적였다.

단순 절도 사건이다. 죄를 지었으니 마땅히 벌을 내려야만 한다. 사건 파일 속에 손으로 휘갈겨 쓴 진술서 한 장이 나온다. 어쩔 수 없이 빵을 훔칠 수밖에 없었던 장 발장의 사연처럼, 구구절절하기만 하다. 그러나 세상에 억울하지 않은 사연이 어디 있으며, 안타깝지 않은 사연은 또 어디 있으랴? 메이어슨 판사는 고개를 가로젓는다.

법과 원칙대로 처리해야 했다. 감정 따위에 얽매여서는 안 되었다. 안타깝고 딱하지만, 동요되어서는 안 되었다. 그것이 20여 년간 법조계에 몸을 담았던 메이어슨 판사의 원칙이자, 신념이었다. 누군가가 눈물로써 적었을 진술서를 반으로 접어, 다시 사건 파일 속에 끼워 넣었다.

메이어슨 판사는 외투를 벗고, 법복으로 갈아입는다. 근엄한 판사는 지각을 해서도 안 되었지만, 너무 일찍 법정에 들어서도 안 된다. 법정으로 향하기엔 아직 시간이 조금 남았다.

마침 비서가 편지 한 통을 가져다주었다.

'편지를 읽고 나면 얼추 정확한 시각에 법정에 들어설 수 있을 것 같군.'

메이어슨 판사는 자를 대고 정확히 칼로 그어, 편지 봉투를 열었다. 글자 간의 간격이 일정하고, 글씨체도 동일했다. 타자로 쓴 글씨가 메이어슨 판사를 흡족하게 만들었다. 삐뚤삐뚤한 글씨는 왠지 마음을 불편하게 만든다.

'마르코? 마르코?'

어디선가 들어본 이름이었다. 하지만 정확히 기억이 나지 않았다. 폴 플래거라는 변호사는 어째서 마르코의 이야기를 꺼내는 걸까, 메이어슨 판사는 고개를 갸웃거렸다.

'마르코, 마르코, 마…… 마르코.'

이내 메이어슨 판사의 얼굴은 굳어지고 말았다.

'아…… 마르코.'

· ·

그 아이와 함께 루디와 폴의 얼굴도 떠올랐다.

'그때 그들에게 양육권을 주었다면, 마르코를 그들과 살게 해주었다면, 그래도 마르코가 그렇게 되었을까?'

신문과 편지를 읽은 메이어슨 판사의 눈가에 눈물이 맺혔다.

'아…… 다시 그때로 돌아갈 수만 있다면, 시간을 되돌릴 수만 있다면……. 그런데 그때는 왜 그런 판결을 내릴 수밖에 없었을까?'

메이어슨 판사는 깊은 생각에 잠겼다. 사실 그들이 마르코를 돌보는 데 있어서, 법률적으로 하등의 불가 사유는 없었다. 장발장의 죄를 용서해주는 차원의 것도 아니었다. 인정이 개입되지 않더라도, 그들에게 충분히 호의를 베풀 수 있었다.

'그런데 왜 그래야만 했을까? 왜 마르코를 사지로 내몰고 말았을까?'

메이어슨 판사는 뒤늦은 후회로 몸이 휘청대는 것 같았다. 그녀는 단지 두려웠다. 금기시되는 것을 용인할 수는 없었다.

사람들의 시선이 두려웠다. 그뿐이었다. 만약 그때로 돌아가더라도, 메이어슨 판사는 양육권을 주지 않았을 것이다. 아니, 주지 않았다.

캘리포니아, 웨스트 할리우드에 날이 저물고 있었다. 넘어가는 서녘 햇빛을 받아 세상은 붉어지고 있었다.

어느 클럽에서 루디의 목소리가 구슬프게 울려퍼지고 있었다.

사람들은 말하지. 사람들은 말하지.
사람은 누구나 보호받아야 한다고.
사람들은 말하지. 사람들은 말하지.
사람은 누구나 무너진다고.
정말로, 내 맹세코 내 환영이 눈에 보여.
이 벽 너머 멀리 있는 내가.

.·.

그래, 내 빛이 밝아오네. 밝아오네. 밝아오네.

서녘에서 동녘까지 그 언젠가!

얼마 지나지 않아 얼마 지나지 않아 얼마 지나지 않아

난 풀려날 거야.

내 빛이 밝아오네. 서녘에서 동녘까지.

정말로, 내 맹세코 내 맹세할게.

그대여, 우린 풀려날 거야.

"애쉴리 인형, 루디와 폴만 있으면
난 세상에서 제일 행복합니다!"

"마르코, 오늘은 어떤 이야기를 해줄까?"

"저는 언제나 해피엔딩이 좋아요."

"우린 이 아이를 행복하게 해주고 싶습니다."

"저는 해피엔딩을
좋아해요."

"남들과 다르다고
나쁜 부모는 아니잖아요!"

"처음으로
디스코 댄스를
췄습니다."

"꼬마 마법사의
이름이 뭐예요?"
"당연히 마르코지."

"우리는 마르코를 원하고 사랑합니다.
이래도 부족합니까?"

초콜렛 도넛

초판 1쇄 인쇄 2014년 10월 21일
초판 1쇄 발행 2014년 10월 30일

원작 트래비스 파인
엮음 배정진
펴낸이 정중모
펴낸곳 열림원

등록 1980년 5월 19일(제406-2003-026호)
주소 서울시 마포구 잔다리로 2길 7-0
전화 02-3144-3700 | 팩스 02-3144-0775
홈페이지 www.yolimwon.com | 이메일 editor100@hanmail.net

ISBN 978-89-7063-827-0 03840
● 책값은 뒤표지에 있습니다.

이 도서의 국립중앙도서관 출판예정도서목록(CIP)은 서지정보유통지원시스템 홈페이지(http://seoji.nl.go.kr)와
국가자료공동목록시스템(http://www.nl.go.kr/kolisnet)에서 이용하실 수 있습니다. (CIP제어번호 : CIP2014030083)